ABAFADA

Abafada

MARCELA FASSY

VENCEDOR
Prêmio Caio Fernando Abreu de 2024

Copyright © 2025 Marcela Fassy
Abafada © Editora Reformatório

Editor
Marcelo Nocelli

Revisão
Marcelo Nocelli
Natália Souza

Imagens de capa
iStockphoto

Design e editoração eletrônica
Negrito Produção Editorial

Dados Internacionais de Catalogação na Publicação (CIP)
Bibliotecária Juliana Farias Motta (CRB 7/5880)

Fassy, Marcela
    Abafada / Marcela Fassy. – São Paulo: Reformatório, 2025.
    168 p.: 14 x 21 cm

    ISBN 978-65-986974-2-6

    1. Romance brasileiro. 1. Título.

F249a   CDD B869.3

Índice para catálogo sistemático:
1. Romance brasileiro

Todos os direitos desta edição reservados à:

EDITORA NOCELLI LTDA
www.reformatorio.com.br

...essa ideia de que seus pulmões
vão explodir
se você não alcançar a superfície —
pulmões não explodem eles entram em colapso
sem oxigênio soube por Virginia Woolf
que certa vez falou comigo numa festa
é claro que não sobre afogamento
disso ela ainda não fazia ideia —
já lhe contei essa história antes?

ANNE CARSON, *Autobiografia do vermelho*

APNEIA

[Ausência de respiração. Episódios de fechamento parcial ou completo das vias respiratórias superiores. Suspensão temporária da respiração. Asfixia. Deriva do grego AP-NOIA, "falta de ar", de A-, mais PNEIN, "respirar", ligado a PNEUMA, "vento, respiração"]

I

(se me permite aqui um parêntese, a minha cabeça é uma geringonça muito mal tratada, sinto vontade de arrancá--la pelo menos uma vez por dia, por enquanto vou conseguindo equilibrá-la em cima do meu pescoço mas sinto que a qualquer momento ela pode deslizar, cair no chão e se quebrar como uma jarra de cerâmica, dessas que as mulheres fazem nas pequenas cidades do Jequitinhonha, tão bonitas (

as jarras, não as mulheres, mas também as mulheres, eventualmente, mas veja, já estou criando um parêntese dentro de outro parêntese dentro de outro parêntese, isso deve ser proibido em algum lugar (

sim, eu falava da minha cabeça deslizando de cima do meu pescoço como um bonito jarro de cerâmica, até que não é uma imagem feia, um jarro de cerâmica com uma cabeça desenhada (

não que minha cabeça seja particularmente bonita, pronto, outro parêntese, falo de uma cabeça de cerâmica com olhos, boca, nariz, orelhas, acho que já vi uma dessas naquela loja de artesanato do Beco da Tecla, creio que era para colocar flores, ou talvez fosse uma moringa d'água dessas que a gente deixa na cabeceira da cama para manter a água sempre fresca, uma cabeça de cerâmica deslizando, caindo, quebrando e se partindo em mil caquinhos, toda aquela água esparramada, escorrendo pela calçada, tudo o que está contido em minha cabeça, a massa encefálica, os ossos do crânio, coisas gosmentas, pensamentos, delírios, os sonhos dos quais consigo me lembrar, as partes inconscientes, tudo escorrendo pela calçada (

fluxo de consciência, chamam (

caiu, quebrou, minha cabeça, um descuido e pronto, já era, começa tudo a escorrer, esse líquido cor de barro, fermentado, desconexo, palavras que jorram, não param de escorrer (

procuro agarrar os caquinhos, caquinhos de cerâmica que escorrem junto com a água, são precários e curvos como pequenas luas de barro ou como esses parênteses que espalho pelo texto, como se fossem pequenos diques para tentar conter a água que corre desembestada (

enquanto você escreve um parêntese se abre, você habilmente mergulha dentro dele e começa a nadar rumo ao outro lado do parêntese, do outro lado existe aquilo que chamam vida, aquilo que eventualmente você vai precisar retomar, você toma fôlego e vai, você sabe que precisa alcançar a beira do parêntese e que o ar aqui dentro não vai durar para sempre, mas ao mesmo tempo você não quer alcançar a beira porque aqui dentro existe um fluxo, o fluxo te impulsiona, te leva, você só precisa se deixar ir (

mergulhar, mergulhar de vez, se deixar afundar, afogar, quem sabe não seria melhor, menos exaustivo, não precisar ficar a toda hora levantando a cabeça rumo à superfície para tomar um pouco de ar, fazendo de conta que está tudo bem, fazendo de conta que você é capaz (

o conteúdo da minha cabeça que caiu e se quebrou formou uma poça, a água é marrom, salobra, a Prefeitura vai colocar uma placa dizendo "imprópria para consumo", como aquela que colocaram no chafariz da praça, o que foi construído na época do Império e que é cheio de carinhas de cimento com as bochechas dilatadas e as boquinhas em forma de ( ) e de onde escorre a água imprópria para consumo (

que as pessoas consomem, porque é de graça, e dá aflição ver os homens e mulheres que chegam no ônibus da zona rural e eles têm sede e enchem suas garrafinhas plásticas com água imprópria que escorre do chafariz, e dá aflição porque a boca de uma das carinhas foi tapada com cimento e ela não pode respirar e fica olhando para a gente com aqueles olhos esbugalhados como se implorasse por socorro, e as grandes bochechas cheias de ar e a boca tapada de cimento, parece que ela vai sufocar ( )

II

Sufoquei (

quadro agudo de ansiedade importante com episódios frequentes de falta de ar, prejuízo da qualidade e duração do sono, sensação de cansaço diário, inapetência, choro fácil, angústia, anedonia, hipobulia, pensamentos recorrentes de teor pessimista quanto ao futuro, dificuldade de manter cuidados e tarefas cotidianas, evidente comprometimento da funcionalidade global, F41-2, está escrito no CID (

transtorno misto ansioso depressivo, não é novidade para mim. A ansiedade se manifesta primeiro, me deixa agitada, insegura, me torno um bebê incapaz de ter certeza sobre absolutamente nada e que precisa que lhe digam o que fazer a cada instante, beba água, calce estes sapatos, agora durma, porém, o bebê foi abandonado e fica ali, chorando, berrando, agitando os braços e as pernas, chora tanto que seus pulmões parecem que vão explodir (

sinto que minha boca foi tapada com cimento, procuro puxar o ar bem fundo, das regiões mais remotas do meu pulmão, procuro fazer aqueles exercícios que ensinam na ioga, na meditação, inspirar, expirar, contar até dez, o segredo é respirar, parece simples, todo mundo respira, até os bebês respiram, já nascem com essa habilidade, mas para mim não funciona desta maneira (

então o bebê fica exausto de tanto chorar e gritar e agitar os braços e as pernas e de repente se torna um velho de cem anos: que alívio! É um alívio chegar à velhice, os velhos são sábios, já passaram por tudo e não precisam que ninguém lhes diga o que fazer, e se ficam parados e não fazem nada não é por que não saibam o que têm de fazer, é porque não querem, não precisam, estão cansados, já choraram, já gritaram, já espernearam e sabem que nada acontece, então desistem e sorriem aliviados: adormecem, babam, a baba escorre de suas bocas velhas sobre o travesseiro, forma manchas cor de barro (

esse frágil objeto feito de barro, nós, homens e mulheres que babam sobre travesseiros, homens e mulheres com cabeças de barro que podem cair e se quebrar, homens e mulheres que escorrem, formam poças turvas sobre as calçadas, criam inconvenientes à saúde pública (

água parada é perigoso, cidadãos improdutivos são nocivos para o Estado, irão mandar o controle de zoonose até sua casa para conferir se você ainda respira, se no líquido acumulado dentro da sua cabeça não estão proliferando larvas de mosquitos, se você realmente quebrou a cabeça ou se está só fingindo para não ter de ir trabalhar (

que patética, trancada no banheiro da universidade esmurrando a porta, gritando por ajuda, o pininho travou, desespero, o suor escorrendo, meus esforços para destravar a porta são inúteis, a cabine é abafada e o ar me falta, o pavor de estar presa ali, suando, gelada, medo vergonha humilhação, uma hora alguém vai precisar ir ao banheiro, vão me encontrar ali naquele estado (

a mulher da cabeça de barro presa no banheiro, a professora de literatura hispano-americana que não consegue se controlar diante de um trecho de Silvina Ocampo e precisa sair correndo da sala de aula para chorar escondida no banheiro (

"Às vezes, morrer é simplesmente ir embora de um lugar, abandonar todas as pessoas e os costumes que se ama. Por esse motivo, o exilado que não deseja morrer sofre, *mas o exilado que busca a morte encontra o que antes não tinha conhecido: a ausência da dor em um mundo outro*" (

um trecho do conto "A continuação" de Silvina Ocampo, a história do amor doentio de Leonardo Moran por Úrsula, um conto cheio de elipses que é também a história do amor doentio da narradora que escreve o conto sobre Leonardo Moran e Úrsula (

um conto dentro do conto, elipses, parênteses, o amor que conduz ao desespero, à destruição e à morte, "às vezes, morrer é simplesmente ir embora de um lugar", leio o trecho de Silvina Ocampo com os alunos e sou sacudida pelo inexplicável que irrompe sob a forma de lágrimas incontroláveis, os alunos não entendem nada, eu também não, deixo a sala de aula correndo e me tranco no banheiro do quarto andar (

uma mulher inútil, incapaz, quebrada, que não consegue se controlar diante de um simples trecho literário, morte, amor, ficção, uma mulher que tem dificuldades em estabelecer os limites entre o real e a ficção, que deplorável, uma mulher que se tranca no banheiro e não consegue destravar o pininho da porta (

professora morta por asfixia encontrada em banheiro de universidade no interior de Minas Gerais, a manchete sairia nos jornais locais ou, quem sabe, nacionais, estou sufocando, o suor escorrendo da raiz dos cabelos e em cima do lábio superior, gelado, o pavor de não ser encontrada a tempo, o pavor de ser encontrada ali naquela situação vexatória, não consigo decidir o que é pior (

de repente a porta se abre, vejo apenas um All Star amarelo avançando sobre os azulejos encardidos, deve ser um estudante, não tenho coragem de olhá-lo no rosto e encarar seus olhos, antevejo as manchas de vômito sobre o All Star amarelo e corro até o estacionamento do campus com a cabeça muito baixa sem expressar qualquer gratidão a meu salvador de All Star amarelo (

um mínimo de autocontrole, por favor, Silvina Ocampo e o pininho da porta, vá lá, mas não me vá vomitar no All Star amarelo, há limites para tudo (

despejo a primeira golfada sobre o gramado do estacionamento, inspiro, expiro, conto até dez, de alguma forma consigo dirigir até minha casa, fecho-me novamente no banheiro, a privada toda respingada de vômito cor de barro. Depois de me recompor um pouco ligo para o Departamento (

motivos de saúde, uma náusea súbita, explico, peça desculpas aos alunos, não, acho que amanhã também não vou conseguir dar aula, estou passando muito mal, deve ser algo que comi, sim, vou procurar um médico, sim, vou mandar o atestado

(

(

))

(((

))))

((((((

)))))   ))))

((((((((((

))))))))))))

((( )

III

Desde então não voltei à Universidade. Parei de agitar os braços e as pernas, de chorar e de berrar, alcancei a iluminação, o nirvana. Acho que estou bem próxima da realização suprema, uma existência totalmente improdutiva, uma cidadã completamente inútil à sociedade, o triunfo absoluto. Em alguns dias me transformei numa velha muito velha e fico aqui entre os lençóis sujos e babados, vendo a crosta cor de barro que se forma sobre a roupa de cama. Não faço nada o dia inteiro, só fico na cama, assisto aos programas vespertinos, de vez em quando me levanto para esquentar um pedaço de pizza congelada no micro-ondas. Os programas de auditório me fazem rir: famílias destruídas, traições, crimes passionais. Agora com vocês, caros telespectadores, a grande atração do dia, a mulher-da-cabeça-de-barro-rachada que escorre sobre o travesseiro. Parece que o caldo finalmente entornou (

porque até então eu estava acordando todos os dias, fazendo o café, seguindo o fluxo e desenhando um V ao lado dos itens da lista (

preparar as aulas corrigir os trabalhos comprar pimentões e tomates frescos desentupir a pia fazer pilates trocar a lâmpada trocar a roupa de cama, em seguida outro item era acrescentado à lista, e outro, e outro, e mais outro, de forma que ela, a lista, era uma górgona em cuja cabeça as serpentes iam se multiplicando em progressão geométrica a cada golpe, eu destruía uma serpente e dez outras cresciam em seu lugar, até que de tanto olhar para a lista-górgona eu de repente me transformei em pedra (

ou melhor, em barro, a mulher da cabeça de barro presa no banheiro da universidade, sufocando, a jarra de cerâmica partïda ao meio (

motivos de saúde, eu disse à secretária do Departamento, sim, vou procurar um médico, vou mandar o atestado (

o papelzinho azul com o CID, carimbo do CFM e tudo o mais, letra de médico, caligrafia ilegível, a prova irrefutável de que o jarro de cerâmica tinha realmente caído do meu pescoço e se quebrado, a receita dos remédios que eu deveria tomar para colar os caquinhos (

o remendo ia ficar aparecendo, infelizmente, assim como a cicatriz que prolonga a minha sobrancelha esquerda de quando eu tropecei no sapato tamanho quarenta e seis que Luciano deixou no meio do corredor (

caí de cara na quina do armário e arrebentei o supercílio, o sangue não parava de jorrar e escorreu pela minha roupa toda, quando chegamos ao Pronto Socorro eu implorei à médica plantonista que remendasse minha cara com muito capricho, senti um pouco de prazer quando todos

– 20 –

pensaram que o estrago tinha sido culpa de Luciano, ele estava pálido e parecia realmente culpado (

o sangue jorrando do rombo em minha testa, a roupa melada, encharcada de sangue, dez pontos e uma cicatriz no supercílio, o olho roxo e inchado como um ovo que cozinhou por tempo demais, eu disfarçava com óculos escuros e o cabelo jogado na cara mas não tinha jeito, ninguém engolia a história do "tropecei e bati na quina do armário", e eu não fazia nenhum esforço para convencê-los do contrário (

Luciano tinha quase dois metros de altura e calçava quarenta e seis, ocupava espaço demais em minha casa, sapatos largados no corredor, pontas de baseado e cuecas sujas, o violão desafinado, Luciano jogado no sofá o dia inteiro fumando maconha, eu lavando a louça a privada, as cuecas, a casa tinha um ar pesado, parado, eu não conseguia respirar, queria gritar algo para Luciano mas a voz saía abafada, sufocada, como se tivessem tapado minha boca com cimento, até que um dia minha cabeça se partiu (

dez pontos e uma cicatriz no supercílio, a roupa melada de sangue, o Pronto Socorro, doutora, costure com muito capricho a minha cabeça arrebentada, por favor, até que a cicatriz não é tão feia, porém uma cabeça quebrada é algo que deixa marcas, é um osso meio estragado que vai repuxar e doer nos dias mais frios, um descuido e pronto, trincou, quebrou, cuca rachada, transtorno misto ansioso depressivo (

o afastamento da Universidade, as receitas azuis, a baba no travesseiro, pizza congelada e programas vespertinos, que maneira encantadora de se passar os dias, o mundo vai muito bem sem mim, a professora substituta que corrija os trabalhos, que suporte as reuniões intermináveis do colegiado, que transmita aos alunos seu amor pela literatura e lhes ensine coisas edificantes que irão mudar o mundo, que culpa tenho se minha cabeça quebrou, eu posso provar, tenho o laudo, tenho o diagnóstico e o CID, o número de registro do CFM e o carimbo, a letra do médico que passou cinco anos numa faculdade de medicina e depois internato, residência, especialização e estágio no hospital psiquiátrico, uma vasta experiência em cabeças partidas (

um médico, um psiquiatra, uma autoridade, não é uma pessoa qualquer (

ele atesta e assina embaixo dizendo que há algo errado com minha cabeça, e a coisa errada a que ele se refere não é a cicatriz que prolonga minha sobrancelha esquerda, feita anos atrás, quando Luciano ainda deixava sapatos pelo corredor, a autoridade atesta que há algo errado com minha cabeça e eu fico aliviada porque então é verdade, não é tudo coisa da minha cabeça (

ou melhor, é coisa da minha cabeça, porém é uma coisa da minha cabeça que me impede de continuar seguindo o fluxo e desenhando a letra V ao lado dos itens da lista, é uma coisa da minha cabeça que me permite passar os dias babando no travesseiro e assistindo aos programas vespertinos, comendo pizza congelada, transtorno misto ansioso depressivo, um deleite, está escrito no CID, F41-2, sou uma pessoa doente, quebrada, eu pensei que fosse só preguiçosa e não gostasse de trabalhar (

eu de fato não gosto, meus colegas da universidade são uns cretinos, os alunos desinteressados, o sistema de ensino nesse país é uma piada, eles chegam à universidade sem as noções mais básicas de interpretação de texto, não leem, simplesmente não gostam de ler, mas é assim mesmo e a gente segue o fluxo, mas agora que minha cabeça se quebrou novamente não tenho opção, lamento muito, mas vou ter de interromper a lista, boa sorte para a professora substituta, vou ali tirar uma soneca

(

(

IV

Me aninho toda entre os lençóis sujos e babados, me deixo envolver pelo cansaço adorável e monstruoso que se abate sobre mim, não há nada que me faça sair daqui, não há espaço para nada que não seja o próprio cansaço, um cansaço largo, bojudo, deixo que ele me contenha, caibo toda dentro dele, adormeço, sono profundo, o doce sono dos injustos, os ruídos ao longe, longe longe cada vez mais longe, mãe, você me deixa ir naquele brinquedo? aquele não é para a minha idade, o parque está iluminado, no carrossel pode, você me leva pela mão, os cavalinhos, são tão lindos, parecem de açúcar, o cavalinho branco gira, eu giro sobre a cela cor-de-rosa, você acena para mim, você acena e sorri, seus cabelos são escuros e formam cachos nas pontas, são tão lindos, parecem de açúcar, você desaparece, o cavalinho gira, você reaparece e some e aparece novamente, você acena e sorri, açúcar, você me leva pela mão, algodão doce, açúcar branco e cor-de-rosa, parece um cavalinho, mãe (

Mãe? Mãe?! Cadê você?! (

acordei. Devo ter dormido umas doze horas seguidas, meus olhos estão pregados de remela, está na hora dos remédios. Desvelafaxina, 50 mg, 1 comprimido ao dia, após o café; Zolpidem ao deitar; Rivotril sublingual para situações extremas. *Oooolha o amolador! Amolador de faca, tesoura, alicate de unha!* Ouço o som vindo da rua, sinto gosto de aço embaixo da língua. É um dos efeitos dos remédios, o doutor me preveniu. Também sonolência, náuseas, possível despersonalização, apatia, perda do interesse por coisas que antes costumavam interessar o paciente, não consigo mais abrir um livro, você vira uma figura chapada, unidimensional (

pelo menos estou respirando, posso dormir e ficar vendo televisão o dia inteiro, comer resto de pizza congelada, estão reprisando Mulheres de Areia no Vale a Pena Ver de Novo. Na praia, a efígie de Ruth esculpida por Tonho da Lua sendo esmigalhada por Raquel, ele se desespera. Ruth é boa, Raquel é má, Tonho da Lua é Marcos Frota que se não me engano namorou a Carolina Dieckman e tinha um circo, o circo de cavalinhos, eles giram, giram, giro sobre a cela cor-de-rosa, estou novamente dormindo. *Oooolha o picolé! Olha o picolé vitaminoso!* Estou numa praia do Espírito Santo, minha mãe me leva pela mão, acho graça no jeito como o vendedor de picolés grita, ela me compra um de morango, me leva pela mão e brincamos de correr quando as ondas arrebentam para que a água não molhe nossos pés, a água é fresca e boa e eu gosto quando ela me molha os pés, mas brinco de correr porque assim é mais divertido, depois me abaixo e lavo as mãos meladas de picolé na parte rasinha, com espuma branca, parece coco ralado, fiapos de espuma branca, branca branca branca branca, um grande e branco vazio, mergulho, afundo, o grande sono, a tela em branco, acordo com o barulho lá fora (

beijinho na boca, puxa meu cabelo, tira a minha roupa, o carro tocando piseiro, o volume é altíssimo e as vidraças tremem um pouco com os graves, viro para o lado e procuro dormir de novo. Calculo que deve ser por volta do meio-dia, a luz entra pela cortina fechada em pequenas listras amarelas, a luz lá de fora. Sinto calor, mas não quero tirar a coberta, gosto deste peso em cima de mim, este peso que me sufoca discretamente, este peso que é como um sono. O quarto é morno, e se mantém escuro apesar das listras amarelas da luz lá de fora, o ar é pesado, respiro com dificuldade, viro para o lado, tenho sono, assim está melhor, os braços ao redor dos joelhos dobrados quase encostando na cabeça, o cobertor por cima, eu não quero sair, aqui é escuro e quentinho, por que eu tenho de sair, não, eu não quero sair, mamãe, por favor, não me faça sair daqui! (

o quarto mergulhado na penumbra, uma tarde de sábado, fazia calor, mas mamãe permanecia embaixo da coberta, a cortina fechada, o ar pesado, parado lá dentro, a luz apagada, mamãe me chamou porque queria conversar comigo, eu entro no quarto e não acendo a luz mas a tevê está ligada, novela das seis, Mulheres de Areia, a luz da tevê de tubo, piscava um pouco, tinha que mexer na antena, colocar Bombril (

do que você e a Raquel brincam quando você vai na casa dela? Não era a Raquel da novela, era a Raquel da minha sala, a gente era muito grudada e os meninos até começaram a chamar nós duas de Ruth e Raquel (

Sei lá, de várias coisas, de adoleta, de Barbie, de Jogo da Vida, por quê? *A mãe dela me falou que outro dia viu vocês brincando de uma coisa esquisita no quarto da Raquel,* Esquisita como?, *A mãe da Raquel viu vocês duas fazendo uma coisa errada uma com a outra, uma coisa que uma menina não deve fazer com outra menina,* A gente só tava brincando de Barbie, a Barbie era nossa filha, a Raquel era a mãe e eu era o pai, *Você está proibida de voltar na casa da Raquel* (

mamãe olha fixamente para a tevê, eu não tenho coragem de olhar para o rosto dela. Ruth dá um tapa em Raquel, meu rosto queima, olho fixamente para a tevê, o quarto está quente, as cortinas estão fechadas e faz muito calor, não consigo respirar (

acordo com as batidas na porta, mãe, é você? Viro para o lado, o sono me envolve, puxo a coberta, cubro o rosto, está quente e quase não consigo respirar, não quero me mover, quero dormir, quero continuar dormindo, quero dormir para sempre (

batem mais forte, puxo a coberta, não vou levantar, não vou abrir, não vou me mover, respiro com dificuldade, tenho muito sono e pouca vontade de me mexer, não vou atender, podem bater à vontade, não vou voltar nunca mais na casa da Raquel, prometo, não vamos mais brincar de papai e mamãe (

Você me ama muito, não é mamãe? Você sabe o que é melhor para mim, você faz isso para o meu bem, eu sei, não, eu não vou mais brincar com a Raquel, eu prometo, sim, eu vou usar os sapatos cor-de-rosa que você comprou para mim, tem coisas que uma menina não deve fazer, quando acordar eu vou calçar os sapatos cor-de-rosa, eu prometo, se eu calçar os sapatinhos cor-de-rosa você me compra um picolé de morango? (

o cavalinho gira, eu giro sobre a cela cor-de-rosa, mamãe acena, eu te amo, mamãe, algodão doce, mamãe acena e sorri, açúcar, sapatos cor-de-rosa, o carrossel dos cavalinhos e o parque iluminado, mamãe me leva pela mão, mamãe sabe o que é melhor para mim (

batem mais forte, insistem, agora não vai ter jeito

))

((

))

((

))

V

Vim te buscar pra gente dar uma volta, diz Ivana. Ela está do outro lado da porta, do lado onde há luz, e uma listra amarela cobre sua cabeça (

a listra de sol envolve a cabeça de Ivana como um halo, como se ela fosse um pouco santa, são inocentes as criaturas que estão bem vivas, iluminadas pelo sol, sinto ternura e um pouco de inveja (

on the sunny side of the street, pegue seu casaco, pegue seu chapéu, baby, *leave your worries on the doorstep, just direct your feet on the sunny side of the street*, uma velha canção de Billie Holiday, ouço Ivana cantarolar, parada do outro lado da porta, com sua luz (

deixo que ela me arraste para algum lugar, caminhamos pelas ruas de pedra sob o sol quente, entramos na sorveteria, ela pede chocolate, eu, morango. Ivana está falando, sua boca se move, ela enfia a colher de plástico na boca, o sorvete meio derretido desliza sobre a língua e escorre um pouco pelos lábios que se movem. Alguma coisa sobre

– 31 –

uma viagem que fará com a irmã, Recife ou Belém, não tenho certeza. Está me convidando? Me ocorre aceitar o convite, penso que seria bom escapar para longe, Ivana me levaria pela mão, eu só tenho de ir, *the sunny side of the street*, só tenho de seguir o fluxo. Eu teria de fazer as malas, é claro. Teria de escolher calcinhas, teria de levar um casaco de malha bem fina, pra caso o tempo vire, preciso enfiar tudo na mala de mão, despachar bagagem custa o olho da cara. Preciso entrar no site da companhia aérea, com sorte consigo um lugar no mesmo voo de Ivana, passar o número do cartão de crédito e dividir em sete vezes, e se clonarem meu cartão? Melhor fazer um cartão virtual no aplicativo do banco, é mais seguro. Se não tiver lugar no mesmo voo que Ivana eu não vou, sem Ivana me levando pela mão, o aeroporto cheio de gente, as placas, escadas rolantes, embarque doméstico no segundo andar, não, não é por aqui, todos me olham, me acusam, sabem que estou desorientada, na bagagem de mão não são permitidos objetos perfurantes, facas amoladas, alicates de unha, o tarja preta precisa da receita para embarcar, um gosto de aço embaixo da língua, um passo para trás, senhora, devido ao mau tempo o voo está atrasado, desse jeito vou perder a conexão, o voo, o voo é pra onde? Para onde estou indo? (

sinto o ar novamente me escapando, inspiro, expiro, conto até dez, a boca de Ivana se move, dentro do copinho de plástico se formou uma poça cor-de-rosa, totalmente líquida, minhas mãos estão meladas, grudentas, descubro uma mancha cor de rosa em minha blusa (

Sim, mamãe, eu vou usar os sapatos cor-de-rosa que você comprou para mim, não vou mais voltar na casa da Raquel, se eu me comportar bem você me deixa ir nos cavalinhos? (

dou a Ivana o melhor sorriso-com-sorvete-cor-de-rosa- -escorrendo-pelo-canto-da-boca que consigo, Ivana compreende meu olhar atônito e me leva pela mão, me leva até a porta de casa, eu entro, Ivana fica do outro lado da porta, com sua luz, mas Ivana compreende (

Eu volto depois, viu? Mas se precisar que eu venha antes é só me ligar. Vou até a pia, preciso tirar o grude rosa da minha mão, da minha boca, da minha blusa, a porcelana branca se tinge de rosa claro, a água escorrendo, girando, girando, descendo pelo ralo, minha cabeça girando, escorrendo, desce pelo ralo, entro pelo cano, estou muito cansada, tenho sono (

a água girando no ralo da pia, o sorvete cor-de-rosa, doce, grudento, o cavalinho, girando, girando, cor-de-rosa, parece de açúcar, mamãe sorri e depois desaparece, olhos de açúcar, me leva pela mão, sabe o que é melhor para mim (

sapatos cor-de-rosa algodão doce sorvete de morango picolé vitaminoso, a espuma branca as ondas da praia, a água me molha os pés e me lava as mãos meladas de sorvete, faz calor e o sorvete escorre, mela, gruda, eca! (

tem certas coisas que uma menina não deve fazer, é nojento, é sujo, meninas devem usar sapatos-cor-de-rosa, devem estar sempre limpas, o sorvete de morango vai manchar a blusa, melhor deixar de molho, tiro a blusa, esfrego, a água com meleca rosa de sorvete girando no ralo da pia, estou cansada, quero voltar a dormir, minha cabeça gira, escorre pelo ralo, estou dormindo, mãe, é você? Há quanto tempo estou girando nos cavalinhos?

Mãe?

Mãe?! (((

Mãe??! (((((

Mãe???! (((((((((

VI

Ivana é uma garotinha de sessenta e alguns anos. Dá aula de História da América e o gabinete que ocupa na universidade fica em frente ao meu, do outro lado do corredor. Simpatizei com ela logo de cara, com seu cabelo quase branco jogado no ombro, com seus óculos de armações enormes em tons de violeta, seu jeito de hippie velha e cheiro de patchouli, seu olhar debochado nas reuniões de departamento e na hora do cafezinho (

às vezes tinha bolo, o Diretor levava para dar a impressão de que o ambiente não era tóxico e hostil e de que os professores não ficavam o tempo todo tentando puxar os tapetes uns dos outros, eu tinha acabado de passar no concurso para professora titular e ele me ofereceu uma fatia, era um gesto de boas-vindas, o bolo era farinhento e parecia velho, mas aceitei um pedaço para não causar má impressão logo de cara. Ivana se aproximou, muito séria, me olhando por cima dos óculos de Rita Lee, *Não coma, tem veneno*, ela disse (

eu imediatamente cuspi tudo, migalhas de fubá e café cuspido no chão da sala, eu não conseguia parar de rir, Ivana gargalhava, a risada dela era alta, grave e insolente como se presume que sejam as gargalhadas das bruxas e feiticeiras, ficamos amigas (

o riso aproxima as pessoas, o riso e a insolência, quando duas pessoas riem juntas de forma insolente um círculo se forma em torno delas, o círculo repele e atrai as pessoas em volta ao mesmo tempo, elas sentem raiva e um pouco de inveja, sentem raiva porque não compreendem (

Ivana compreendia, alguém que ri dessa maneira é alguém que compreende, eu logo percebi, nós ríamos muito, andávamos juntas para baixo e para cima pelas ladeiras da cidade do interior mineiro, nossa amizade parecia causar algum desconforto nas pessoas devido à diferença de idade (

Ivana tem idade para ser minha mãe e está na cidade há bastante tempo, ela foi aprovada no concurso de professora titular de História da América há muitos anos, o curso de Humanidades tinha sido recém-criado com a verba do REUNI. Ela gosta da vida no interior, gosta de viver em sua casa com um grande quintal cheio de pés de rúcula e ervas para chás, do ar puro das montanhas, gosta de acordar com o canto dos pássaros e o toque dos sinos das igrejas barrocas, gosta do artesanato em cerâmica, dos potes de barro e dos chafarizes de pedra sabão (

Ivana já se habituou às senhoras de preto que ficam debruçadas nos casarões coloniais vendo a vida passar e falando da vida dos que passam embaixo de suas janelas, Ivana não liga, ela ergue as vistas com desdém e solta sua risada de bruxa que deixa as senhoras de preto desconfortáveis (

Ivana é uma bruxa velha e sábia, Ivana podia ser minha mãe, mas Ivana não é minha mãe, Ivana é minha amiga, Ivana é a mulher que ri (

o riso aproxima as pessoas, o riso, o café com bolo no intervalo da aula, as taças de Cabernet no sábado à noite, a maconha (

Ivana é maconheiríssima, quando o marido a trocou pela secretária vinte anos mais nova a cabeça de Ivana quebrou e o médico que conserta cabeças receitou para ela uns antidepressivos fortes, Ivana não conseguia levantar da cama e ficava babando no travesseiro o dia todo, até que resolveu fazer um experimento científico e trocar os antidepressivos por maconha, o experimento funcionou até certo ponto, quer dizer, a cabeça dela continuou quebrada, mas a maconha ajudou a fazer com que ela conseguisse rir desse fato (

o riso aproxima, aproxima os caquinhos quebrados das cabeças das pessoas e ajuda a disfarçar, nem ficou tão feio assim (

o riso resulta de um estímulo no córtex motor desencadeado pelo sistema límbico, a resposta física do corpo sob a forma do riso faz com que a caixa torácica se contraia de maneira rápida, empurrando o ar e fazendo com que aumente a quantidade de oxigênio inalado, que se espalha pelas células cerebrais e por todo o organismo (

é gostoso, eu me lembro, faz alguns dias que não rio, mas me lembro como era gostoso, o corpo da gente sacudindo como se tivesse alguém lá dentro dando pulinhos, ou como se tivesse alguma coisa explodindo e soltando faíscas, como aquelas velinhas dos bolos de aniversário que são como pequenos foguetes, que a gente sopra várias vezes e não apagam (

no aniversário de Ivana fizemos bolo de chocolate com cobertura, colocamos uma dessas velinhas em cima, era cor-de-rosa e dourada, Ivana soprava soprava e a velinha continuava acesa, a gente tinha fumado muita maconha e não parava de rir, a gente se contorcia e chorava de tanto rir, ficamos sem ar (

estou tentando, eu juro, estou tentando mas não é mais engraçado, penso em Ivana tentando apagar a velinha e em nós duas rindo feito duas alucinadas, estávamos tão felizes, me dá vontade de chorar, sinto a bola de água crescendo lá dentro, vai subir, está subindo, sobe com toda a força, vai explodir, arrebenta, molha tudo, me contorço de tanto chorar (

estou tentando, eu juro, meu corpo sacode todo, não consigo controlar, não para, fico sem ar (

o bolo de chocolate com cobertura estava delicioso, veja, o mundo é bom, existem bolos de chocolate e amigas que compreendem, existe o riso, se controle, inspire, expire, conte até dez (

estou tentando, eu juro, o choro não para, fico sem ar, penso no bolo de chocolate (

o bolo de chocolate que fiz para Ivana, assei no forno (

o forno a gás, Sylvia Plath assava bolos e um dia assou sua cabeça como se fosse um bolo, o forno, o gás (

estou ficando sem ar, o choro não para, o bolo, o bolo de chocolate, existe o riso e existem bolos de chocolate, o mundo é bom, estou tentando, só sinto o gosto de aço embaixo da língua e a cabeça quebrada enorme e inchada de tanto chorar e quase já não sobra nenhum ar aqui dentro

()

(( ))

(( ))

(( ))

VII

Recebo com alívio a notícia do relatório da ONU sobre a irreversibilidade do aquecimento global caso as emissões de gases poluentes não sejam reduzidas até 2025. É óbvio que não serão. Uma ideia mais concreta de apocalipse vai bem com meu estado de espírito, me sinto culpada por não conseguir sair de casa nem apreciar rosas e bolos de chocolate, sinto que estou perdendo algo. Agora que todos vão perder, me sinto melhor (

a perspectiva do fim próximo me tranquiliza, me autoriza a não estar contente, afinal um dia o ar acaba para todos, ao que tudo indica não deve demorar tanto (

teve aquele dia, aquele dia em que Bolsonaro apareceu em cadeia nacional imitando as pessoas asfixiadas, as pessoas que morriam de Covid, depois um primo meu pegou Covid e morreu asfixiado, eu pensei, bem-feito, porque meu primo era bolsonarista e não tinha tomado vacina, eu pensei, bem-feito, chorei, chorei muito (

não chorei por ele, eu não via meu primo há dez anos e se ele não tivesse morrido asfixiado eu provavelmente passaria mais uns dez anos sem vê-lo, eu chorei de raiva, chorei porque não compreendia, chorei como um bebê que foi abandonado e fica agitando os braços e as pernas (

o bebê chora desesperado porque é tudo o que ele pode fazer, ele não tem acesso à palavra, o urro é o seu único recurso, uma professora universitária com doutorado em literatura hispano-americana tem supostamente acesso ilimitado à palavra e, no entanto, eu chorava até perder o ar (

a realidade me parecia intraduzível, eu já tinha traduzido Silvina Ocampo, mas não conseguia quebrar o código lexical que atribuísse sentido à realidade, então eu chorava e urrava e perdia o ar, e as pessoas continuavam riscando a letra V ao lado dos itens de suas respectivas listas diárias (

muitas tinham morrido asfixiadas de Covid, setecentas mil, aproximadamente, mas de toda forma um número expressivo delas continuava seguindo com suas vidas e com suas listas, pessoas mais fortes do que eu, mais preparadas para as vicissitudes, eu me revoltava contra elas, e agora o relatório da ONU, vai todo mundo ficar sem ar (

bem-feito, eu sabia, sabia que a realidade era horrível e não fazia nenhum sentido, e vocês aí fazendo listas e *lives* e me olhando com esse ar de superioridade, como se eu fosse louca, a mulher da cabeça quebrada que não consegue respirar direito, bem-feito pra vocês, fiquem aí com suas listas, com seus gases do efeito estufa flutuando na atmosfera e sufocando vocês, fiquem aí que eu vou ali ligar o gás

)
( )
( )
( )
( )
)

VIII

Ligo o gás. Preparei bruschettas para servir a Leon, que veio aqui me trazer a notícia sobre o relatório da ONU (

pedi a ele que viesse, eu precisava de uma desculpa para ligar o gás. Estava há muitos dias sem sair de casa e sem falar com ninguém, exceto Ivana que liga de vez em quando para conferir se estou viva. Precisei fazer um grande esforço para levantar da cama, tomar banho, raspar a virilha com gilete, me vestir e ir ao mercado comprar os ingredientes, torcendo para não encontrar ninguém no caminho, o que nesta cidade é quase impossível (

tomate-cereja, manjericão, queijo minas, duas garrafas de vinho tinto e um pão massudo de péssima qualidade que os habitantes locais têm a ousadia de chamar de baguete e pelo qual cobram um absurdo (

Leon está sentado ao meu lado no banquinho do jardim, as bruschettas estão no forno, a luz fraquinha da lâmpada ilumina a cabeça de Leon como um halo (

a testa, os olhos de cílios muito grandes, o topete do qual não gosto, Leon está sentado ao meu lado e calmamente me transmite a notícia sobre a irreversibilidade do aquecimento global e os gases do efeito estufa (

não faz qualquer menção ao fato de eu estar sumida da universidade há dias, com certeza os boatos sobre eu ser uma mulher louca com a cabeça quebrada já circulam pelo departamento, mas Leon tem a delicadeza de não tocar no assunto e conversamos amenidades, o apocalipse climático e os gases do efeito estufa (

faço uma piada sem graça à qual Leon não dá importância, uma piada sobre a redundância de ligar o gás da cozinha para assar bruschettas, os gases do efeito estufa e o apocalipse iminente (

sinto um pouco de raiva porque não percebo exatamente até que ponto ele não compreende a piada, até que ponto ele é indiferente ao meu ato de ligar ou não o gás, até que ponto ele finge indiferença para não ser indelicado (

Leon tem o hábito de me asfixiar, gosta de se deitar sobre mim com as mãos em volta de meu pescoço, eu penso que vou morrer sufocada e acho uma delícia (

asfixiofilia, é este o nome científico, a súbita perda de oxigênio no cérebro e o acúmulo de dióxido de carbono provocam sensações de vertigem e prazer (

o gás é inebriante, está provado, mas desconfio que esse gostosinho que eu sinto se deva também a outras coisas,

– 46 –

menos científicas, mais sutis, o medo, a degradação, a submissão (

que gostoso, que gostoso poder só ficar ali, deitada, entregue como um bebê, um inocente bebezinho que acabou de sair do útero de sua mamãe, indefeso, pobrezinho, podem fazer com ele o que bem entenderem, se lhe fazem alguma maldade não é culpa do bebê, ele só está ali, ele só nasceu (

Leon com as mãos em volta de meu pescoço, me comendo, me contendo, sou um bebezinho que acabou de nascer, estou zonza, a cabeça latejando, vou sufocar vou morrer vou nascer, gestos tão próximos, as mãos que me estrangulam, que gostoso, que delícia poder ser novamente este bebezinho tolo e sujo de placenta de sangue de merda (

no instante em que vou morrer Leon tira as mãos de cima do meu pescoço e começa a meter com muita força, quando ele goza eu mal tive tempo de retomar o fôlego, minha cabeça dói e sinto tonturas, náuseas, dificuldade de respirar (

estou toda suja, aquela porra toda escorrendo, aquela imundície de trepar com homem casado, deixar ele gozar dentro, deixar ele meter com força, deixar ele fazer de tudo, aquele peso em cima de mim me sufocando (

com a esposa não pode, os maridos não devem estrangular suas esposas, embora devam gozar dentro delas e fazer bebês (

– 47 –

Ela quer muito, quer muito um bebê, ele diz, *eu não sei se quero, sabe, então as coisas entre a gente estão meio esquisitas, às vezes eu me sinto um pouco sufocado* (

Leon é um forasteiro, assim como eu, também passou no concurso da federal do interior de Minas, Doutorado em Filosofia, tese sobre Zizek, se casou com a dona do buffet que se encarrega dos coffee-breaks dos eventos da universidade (

a esposa de Leon pertence à fina flor da sociedade local, a família é dona de mais da metade dos imóveis do centro histórico, a esposa de Leon não é capaz de traduzir e nem mesmo de ler Silvina Ocampo, gosta de falar sobre recheios de vol-au-vent nos eventos da universidade e quer muito um bebê, Leon se sente sufocado (

Leon é do tipo sensível, gosta de poesia, de discutir literatura-cinema-filosofia-coisas inteligentes que o fazem sentir-se especial, superior (

Leon gosta de se deitar por cima de mim e de me asfixiar, eu gosto de ser asfixada por ele e por isso o chamei aqui, para que ele pudesse me trazer a notícia sobre os gases do efeito estufa e para que eu pudesse ligar o gás (

bruschettas de tomate com manjericão, o forno a gás, e se eu esquecesse o forno ligado, pode acontecer, pessoas com a cabeça quebrada ficam mais distraídas e podem esquecer o gás ligado, nunca se sabe (

o gás, o efeito estufa, o apocalipse climático, pensando bem eu nem preciso ligar o gás, é possível que as mãos de

Leon se detenham um pouco mais ao redor de meu pescoço dessa vez, pode ser que seja tarde demais (

o aquecimento global, o ponto de não retorno, vamos todos sufocar, sirvo as bruschettas, encho a taça, a primeira
garrafa já está quase no fim, Leon está sentado ao meu
lado no banquinho do jardim, a luz baixa, *Linda noite,
não?* (

Leon esfrega minha coxa direita e vai subindo, enfia a
mão por baixo da calcinha e beija meu pescoço (

meus olhos se voltam para as estrelas enquanto Leon enfia o dedo na minha buceta, meu queixo toca o topete de
Leon (

e se dessa vez ele demorar um segundo a mais, e se dessa
vez ele demorar um instante a mais, e se dessa vez?

))

((

IX

Leon se tornou meu amante há três meses. Começou numa noite em que estávamos muito bêbados, depois do aniversário de um colega no restaurante pretensioso que de cantina italiana só tem o nome e serve vinho chileno com preço de vinho da Toscana (

as opções aqui são limitadas, homens casados, restaurantes caros para turistas ou pés sujos frequentados pelos estudantes, os professores do curso de humanas transitam entre os dois. Deixamos metade dos nossos salários em incontáveis garrafas de vinho, depois os professores mais boêmios seguiram para o barzinho da esquina cheio de alunos bebendo Skol, eu e Leon estávamos entre eles (

a mulher de Leon nunca vai aos encontros de professores, não bebe, não suporta aquelas conversas sobre os limites da democracia liberal e a crise do marxismo, naquela noite eu e Leon conversávamos sobre alguma coisa que nos fazia rir muito (

o riso aproxima as pessoas, quando duas pessoas riem juntas um círculo se forma em torno delas, o círculo impede que os outros se aproximem, os outros são aqueles que não podem rir e que não compreendem, de forma que nem percebemos os outros professores pagando a conta e indo embora, quando assustamos só estávamos nós dois e o garçom que nos olhava com impaciência enquanto recolhia as mesas de plástico. Nossas casas ficavam na mesma direção, a de Leon apenas umas três quadras depois, fomos trocando as pernas pelas calçadas desertas, eu tropecei algumas vezes nos paralelepípedos, o calçamento de pedra sabão é traiçoeiro, Leon inexplicavelmente impediu que eu me esborrachasse, ele também estava bastante bêbado, e quando chegamos na minha casa o cachorro apareceu na minha porta (

tudo aconteceu por causa do cachorro, eu e Leon ficamos por um momento parados fumando um último cigarro na porta da minha casa quando o vira-lata caramelo apareceu, há sempre um vira-lata caramelo na madrugada de uma cidade do interior. Ele tinha um olhar doce (

falo do cão, não de Leon, o olhar do cão era doce, ele parecia desamparado, ficou ali, deitado diante da minha porta, o olhar resignado sobre as patas dianteiras cruzadas, ficou ali. Eu e Leon nos despedimos e eu fechei a porta, dei alguns passos pelo corredor mas não parava de pensar no cachorro, pobrezinho, só pensava nos olhos doces do vira-lata deitado em minha porta, o corpo caramelo, solitário e desprotegido na noite alta e deserta sobre os telhados, pensei, que se dane, amanhã vou acordar de ressaca e com um vira-lata caramelo sob meus cuidados, vou praguejar, vou me arrepender, que se dane, abri a porta e Leon entrou (

começamos a nos agarrar ali mesmo, no corredor, nos agarramos como se nos agarrar fosse algo que tivéssemos pretendido fazer desde sempre, Leon me beijava, apalpava minha bunda, minhas coxas, enfiava a mão por baixo da minha blusa, que se dane, amanhã vou praguejar, vou me arrepender, que se dane, as roupas jogadas ali mesmo no corredor, levo Leon pela mão até meu quarto, enquanto ele me penetra faço um movimento involuntário de sucção porque não quero que ele saia dali nunca mais, que se dane, amanhã vou acordar de ressaca e com um vira-lata de olhos doces em minha cama (

não, não, o que estou fazendo, o que estou dizendo, eu não devia beber assim (

acordei de ressaca e sem cachorro, ressaca brutal, cabeça latejando e gosto de cabo de guarda-chuva, sem homem na cama e sem cachorro na casa, o homem foi embora no meio da madrugada, o cachorro é possível que nem tenha existido, não, nada disso aconteceu, também não foi nada de mais, minha cabeça girando e as roupas jogadas no corredor, os lençóis sujos amarrotados e a ressaca, que merda, que grande merda, não vai acontecer de novo, foi só essa vez, uma vez só não conta

(((

X

Não é fácil a vida de mulher sozinha em cidade pequena, mamãe havia me prevenido. Depois que Luciano e eu
nos separamos, eu passei no concurso para lecionar na
universidade e me mudei para o interior. Não dei muita
importância ao que mamãe disse (

eu, mulher independente-bem resolvida-que leu Simone
de Beauvoir, foda-se a tradicional família mineira etc. etc.,
mas mamãe tinha razão, não era fácil mesmo, àquela altura eu já tinha a cabeça partida, a cicatriz na sobrancelha
esquerda, não queria mais sapatos no corredor e cuecas
sujas no banheiro, só queria compreender, não compreendia nada e precisava desesperadamente de alguém que
compreendesse, alguém que pudesse me explicar o funcio-
namento das coisas, sofregamente eu buscava, buscava,
buscava (

um estudante nerd do curso de Química, um engenheiro
florestal que trabalhava como guia levando as pessoas por
trilhas ecológicas no cerrado, um jovem músico que toca-
va Djavan nos bares locais, um garçom da hamburgueria

que aparecia em minha casa após o expediente trazendo batata frita e cheiro de gordura, uma médica cubana de olhos verdes que às vezes me dava atestados (

ríamos muito e preparávamos ovos no café da manhã, mas ela foi transferida para o Piauí depois que venceu o contrato do Mais Médicos e eu fiquei sem compreender (

aí apareceu o cachorro, o vira-lata naquela noite de olho caramelo, casado, uma mulher que queria engravidar e que o sufocava (

Você me compreende, só você, Leon me dizia e era verdade, eu o compreendia mesmo, meu corpo o compreendia, meus braços e pernas em volta dele, Leon todo compreendido dentro de mim, bem ali no meu centro, no meu oco, preenchia todo o espaço, não ficava nada faltando, seu peso em cima de mim, me comprimindo, sufocando, metendo bem fundo, a compressão, a compreensão, a grande, boa e funda compreensão (

Oh, como é grande, como é bom, mete com força, mais forte, mais forte, vem, Leon, me compreende, me compreende toda, compreende tudo, preenche tudo, encharca tudo, depois daquela noite Leon e eu sempre damos um jeito de ficar a sós nos bares, bebemos o suficiente para que tenhamos coragem de irmos juntos até minha casa no final da noite como se isso fosse uma fatalidade, como se fôssemos autômatos e não tivéssemos qualquer poder ou responsabilidade sobre nossas escolhas e nossos atos, transamos com sofreguidão (

Leon me trata como um cachorro, me enforca me sufoca goza dentro e depois se levanta, se limpa e vai embora no meio da noite, eu acordo de ressaca e sem compreender nada, mas Leon tem os olhos doces e às vezes quando estamos metendo ele deixa escapar algum gesto ou palavra mais sentimental, *Eu esperei tanto por isso, eu sinto tanta saudade, você me compreende, só você* (

apenas o suficiente para que eu pense que não sou um cachorro, eu nado cachorrinho e fico batendo as patinhas, ofegante, só o focinho pra fora da água, eu sou uma mulher independente-bem resolvida-que leu Simone de Beauvoir, eu não ligo para a tradicional família mineira, não ligo de foder com homem casado, não ligo se ele tem de ir embora no meio da noite, não ligo de acordar sozinha e de ressaca e com aquela gosma escorrendo da minha vagina, eu não quero bebê cueca suja sapato no corredor (

minhas patinhas de cachorro se debatendo freneticamente na superfície da água para não afundar, o focinho arquejante, parece que vou sufocar (

as mãos de Leon em volta do meu pescoço, me estrangulando, o oxigênio indo embora, eu deixo, eu gosto, eu só fico ali parada, sou inocente, não passo de um bebê inocente, totalmente submisso, submetido, eu acabo de nascer sou tão miudinha fraquinha indefesa sou aquela menininha que era levada pela mão, aquela garotinha de sapatos cor-de-rosa, tão amada, cuidada, compreendida, não faltava nada, não havia buracos, ocos, vazios, era tudo preenchido, integrado, a compreensão uterina, íntima compreensão do corpo (

eu tinha um corpo, me lembro daquele corpo rechon-
chudo de três, quatro anos de idade, eu toda envolvida pelo calor, por aquela eletricidade feliz, preenchida,
compreendida e compreendendo tudo dentro daquele
corpo infantil (

o amor, sim, o amor, puro, primeiro, amor-corpo, amor
que prescinde de toda a tradição judaico cristã que ensina
às crianças que seus corpos são sujos, o amor pré-edênico
e pré-edipiano, o que dispensa as bênçãos dos padres dos
juízes e as 3 parcelas da entrada do apartamento com va-
randa, os natais em família a cueca borrada a toalha sobre
a cama os sapatos no corredor, o ultrassom o choro do
bebê as fraldas fedidas o eu não aguento mais o eu estou
sufocando o eu te odeio a cabeça partida (

amor-bebê, crianças largadas correndo descalças pelo jardim, o parque iluminado os cavalinhos girando algodão
doce sorvete de morango maçã do amor, a compreensão,
a primeira, pura e simples compreensão, o corpo, escute
bem, simplesmente o corpo, a carne, o amor (

e então Jesus disse: *Tomai e comei, este é o meu corpo*

(

((

(

– 58 –

XI

Um dia encontrei a mulher de Leon no hortifrúti (

na sacola dela maçãs, couve, gengibre e beterraba para o suco detox, *Preciso manter a forma porque quando o bebê vier, já viu, né* (

ela sorri com doçura, não esconde de ninguém o tratamento para engravidar, tem esperança de que seu útero seja em breve fecundado, é uma criatura solar, expansiva, tem luzes no cabelo e maçãs do rosto salientes (

quando ela sorri dois pomos se formam em suas bochechas, como se em vez de botox o cirurgião tivesse injetado ali duas bolinhas de pingue pongue (

a mulher de Leon está maquiada e veste roupas caras de academia, eu uso um short jeans rasgado com chinelo havaiana e prendi o cabelo de qualquer jeito, saí para comprar limão e cebola no mercadinho a cinco minutos da minha casa, não esperava encontrar ninguém (

essa cidade é um inferno, não se pode sair de casa sem encontrar um conhecido, não se pode sair de casa sem maquiagem, não se pode respirar (

ela usa muito rímel e tem as bolinhas de pingue pongue nas bochechas, eu tenho duas bolsas enormes embaixo dos olhos porque não dormi e porque estou envelhecendo (

as alunas da faculdade já me olham com condescendência, elas têm vinte anos e os elogios que fazem à minha aparência são sinceros e querem dizer que para a minha idade eu estou até bem, e que minha inteligência e meu senso de humor compensam a falta de colágeno na parte de trás do meu braço (

talvez eu devesse colocar botox nas bochechas, talvez eu devesse pedir a Leon que convide a mulher dele para um ménage, não me custaria nada, ela é simpática, não é meu tipo, mas é uma mulher atraente, eu já ouvi dizer que as mulheres da tradicional família mineira fazem ménage, elas só não contam para ninguém, eu me sentiria menos culpada, estaria tudo mais equilibrado, tudo bem compreendido (

ela segura a sacola cheia de frutas e sorri com doçura, *Preciso manter a forma porque quando o bebê vier, já viu, né* (

Eu não quero filhos, ela não me perguntou nada, mas sua presença me deixa nervosa e as palavras saem da minha boca como vômito (

Eu não quero filhos, acho lindos os bebês, quando vejo um bebê gorducho num comercial de fraldas me dá vontade de pegar, de apertar, que nem quando vejo um hambúrguer suculento num comercial do Mcdonalds, dá uma vontade de comer hambúrguer, mas depois passa (

ela me olha como se eu fosse uma louca assassina devoradora de bebês, eu me despeço sem jeito e saio de lá correndo, esqueço as cebolas e o limão, por que diabos eu fui dizer aquilo, por que diabos eu fui ao mercadinho, por que fiquei tão nervosa, não, eu não sinto culpa, eu não ligo para a tradicional família mineira, sou uma mulher independente-bem resolvida-que leu Simone de Beauvoir (

será que ela desconfia, será que sabe sobre Leon e eu, se não sabe é questão de tempo, cidade pequena é fogo, as pessoas falam, um dia o diretor da faculdade fez um comentário maldoso sobre Sartre e Simone de Beauvoir, algo sobre casais modernos, relações abertas, triângulos amorosos, olhou para mim e para Leon, soltou uma risadinha (

Ivana estava na reunião e ficou muito séria, Ivana compreende, ela vê as marcas em volta de meu pescoço, as marcas que ficam depois de Leon ter me estrangulado, ela vê e não faz perguntas e compreende tudo (

chego em casa ofegante depois de encontrar a mulher de Leon no sacolão, o que eu fui fazer no sacolão? acabei de vomitar e agora estou diante do espelho e vejo as duas enormes bolsas embaixo dos meus olhos, são como bifes de hambúrguer, estou velha, estou ficando velha e não tenho filho marido cachorro (

as alunas da universidade têm vinte anos e me olham com admiração e condescendência, como se eu fosse um animal em extinção, a esposa de Leon olha com condescendência para essa mulher estranha que compara bebês a bifes de hambúrguer, essa mulher sem maquiagem com a cabeça partida (

vejo meu rosto desmoronando no espelho e parece que vou sufocar, não se pode fazer nada nessa cidade, não se pode nem ir ao sacolão, aqui não se pode respirar (

calma, é só manter a calma, inspirar e expirar, contar até dez, puxar e soltar o ar, entra o oxigênio, sai o gás carbônico (

o gás, o efeito estufa o apocalipse climático o forno não, ainda não, é só abrir a boca e puxar bem fundo, atingir aquela região específica onde o ar se esconde de mim (

a entrada do ar garante que o oxigênio seja levado até o sangue e distribuído às células do corpo, meus músculos intercostais precisam se contrair para que minhas costelas possam se elevar aumentando, assim, o diâmetro do meu tórax; meu diafragma deverá se contrair para que o pulmão se alargue diminuindo a pressão intrapulmonar, quando ela atingir valores abaixo da pressão atmosférica o ar finalmente entrará em meus pulmões (

o diafragma, oitenta por cento de todo o movimento respiratório acontece devido à contração e ao relaxamento deste músculo, o diafragma (

talvez eu devesse colocar um diafragma para evitar que meu útero seja fecundado por Leon, não seria tão difícil, é só um útero, é só um diafragma, é só um músculo (

contrair e relaxar, inspirar e expirar, mas então por que, por que o ar não entra, nem pra isso você presta, só presta para trepar com homem casado, contrair e relaxar, a buceta não, o pulmão, o diafragma, mas não, ela não presta, não presta pra nada, nem respirar ela sabe (

Rivotril sublingual para situações extremas

()

XII

Comemos as bruschettas, terminamos as duas garrafas de vinho e agora as mãos de Leon estão em volta de meu pescoço, são grandes, firmes, se apoderam de mim com precisão (

sou uma galinha, uma galinha com seu pescocinho tão frágil, tão débil, uma galinha que está em vias de ser abatida (

nas granjas é comum o sacrifício das aves pouco sadias, o primeiro passo é a contenção da ave doente, um procedimento delicado que consiste em cruzar suas asas para que ela permaneça imóvel, totalmente dominada, em seguida segura-se a galinha pelos pés com uma das mãos e, com a outra, segura-se a região do pescoço para a realização do deslocamento cervical (

quando realizado de modo correto é um procedimento indolor, dizem, quando o carrasco executa os movimentos com precisão, é o que de melhor a galinha pode esperar, quando você é uma galinha não te sobram muitas opções, é isso ou ser assada no forno, com batatas coradas, o interior deve ficar suculento e a pele, crocante (

o forno, o gás, será que eu desliguei o gás? a galinha deve ser sacrificada, as mãos de Leon estão ao redor de meu pescoço sobre o qual ele projeta todo o peso de seu corpo, o torso de Leon se ergue acima de mim e é enorme, visto daqui de baixo, é o torso de um deus, um deus todo poderoso esculpido em mármore e exposto numa galeria de museu, um deus da antiguidade no domínio de seu pleno direito sobre a vida e a morte das criaturas inferiores, a galinha está inteira em suas mãos (

ela agoniza, quase já não pode mais respirar, ela sente todo o peso daquelas mãos em volta de seu pescoço obstruindo a passagem do ar, olha espantada para o deus gigantesco acima dela, vê nos olhos do deus o prazer que ele sente por ser deus e por ter a galinha em suas mãos, ela quase já não respira, ela é a galinha no ponto, suculenta, peitos e coxas e bunda da galinha no ponto de abate para o justo regozijo do deus, ele vai se fartar, se lambuzar, vai chupar os ossinhos (

meu pescocinho de galinha muito frágil, débil, vai quebrar, vai romper, um fiapinho, um fiozinho de ar que ainda entra (

Não me mata, pelo amor de deus, eu te amo, eu digo a Leon com meu fiapinho de voz. Os olhos do grande deus de repente se espantam, se desconcertam, olham para a pequena galinha com ternura, com gratidão por ela tão servilmente lhe implorar por sua vida, suplicante, por ela se render e se submeter, enfim, por completo, o amor, o amor, aquela pobre e doce criaturazinha (

as mãos de Leon se despregam de meu pescoço, sinto o nó se desatar e volto a respirar com dificuldade, sinto náuseas, minha garganta dói e minha cabeça está escura, pesada, latejando, percebo que meus olhos estão molhados, tenho a sensação de que minha pele está vermelha e lanhada como os papos das galinhas velhas (

Leon se deita sobre mim e me beija, beija meus olhos que estão molhados, beija minha testa minhas mãos meus cabelos, me beija como se eu fosse um delicado animal ferido, me beija como se eu fosse digna de todo o amor me beija como um cão arrependido (

Eu te amo, eu te amo, ele diz, ele me ama me beija me acaricia a testa os cabelos me olha com doçura entra devagarinho dentro de mim, mete lento, com carinho, *Eu te amo eu te amo*, eu não sinto nada (

nada, não sinto mais nada, meu corpo está anestesiado pela privação de oxigênio, pela vergonha, pela humilhação (

Não me mata pelo amor de deus, eu te amo, há algo de irremediavelmente triste nas vítimas que amam seus carrascos nas galinhas que imploram por suas vidas nas mulheres que oferecem o amor e aceitam em troca o fim do mundo (

porém meu corpo já não acata a vergonha, é um corpo imprestável, exaurido de tanto vinho tanta falta de ar tanta vergonha tanta falta de vergonha, um corpo de galinha totalmente rendido (

meu corpo deitado de lado sobre a cama com o corpo de Leon encaixado ao meu, o peito de Leon encaixado em minhas costas as pernas de Leon dobradas encaixadas em minhas pernas o braço de Leon encaixado em minha cintura o nariz de Leon encaixado em minha nuca o nariz de Leon que respira contra minha nuca, o vapor quente contra minha nuca e meu corpo rendido, inerte, meu corpo faz noite, tudo se esvaindo como o vinho nas taças, o sono, o sono, a noite, suave doce irreversível noite

((

XIII

O sol entra no quarto pelas frestas da cortina, é dia lá fora. Sinto minha língua grossa, áspera, a cabeça latejando. Ouso abrir os olhos, a luz me agride, cubro a cabeça com a coberta, viro para o lado, mantenho os olhos fechados, me recuso a aceitar o dia. O quarto está quente, sinto calor embaixo do edredom que me tampa a cabeça e me sufoca um pouco, quero voltar a dormir, minha língua uma esponja, muita sede, quero voltar a dormir mas tenho sede e calor e a cabeça dói, e essa luz lá de fora entrando pela janela, meus olhos dois limões espremidos, o dia, o dia, esse escândalo, esse absurdo (

a vergonha das galinhas que imploram por suas vidas que amam seus carrascos, me arrasto pelo quarto, tateio os móveis e encontro o relógio esquecido por Leon sobre a cômoda (

são onze horas da manhã, é de prata o relógio, prata 950, está gravado, pulseira de couro marrom, boa qualidade, não é relógio de camelô não, viu?! os ponteiros de prata marcam onze horas da manhã, é tarde, minha cabeça gira e meu estômago está embrulhado, essa luz brutal que vem lá de fora, esse sol, esse calor (

a crise climática, em poucos anos as pessoas estarão em suas varandas e haverá mil sóis para cada uma, elas limparão com o antebraço o suor pingando da testa e tentarão dizer palavras espirituosas sobre o fim do mundo, querem viver o fim com toda a dignidade a que têm direito, obras de arte em forma de memes e tirinhas de humor macabro, os traços minimalistas de um personagem posicionado como uma galinha assada circundado por nuvens de gases tóxicos, *Aqui está um forno, não?* (

o forno, o gás, será que eu desliguei o gás? são onze e quarenta da manhã, faz um calor infernal e estou nua diante do espelho, o relógio de Leon é tudo o que tenho sobre a pele (

é grande, o relógio, grande demais para meu pulso fino, frágil como um ossinho de galinha, um ossinho de galinha que as crianças da roça gostam de quebrar após as refeições, quem ficar com o pedaço maior vai ter seu desejo atendido, dizem (

o relógio imenso para meu pulso fino, *É preciso ter pulso firme*, diz a mulher nua dentro do espelho, me encarando com severidade, a mulher dentro do espelho que está nua e que tem marcas vermelhas no pescoço e os pulsos finos, frágeis, ossinho de galinha faça o seu desejo quebre o osso corte os pulsos (

– 70 –

Se eu cortasse os pulsos, pensa a mulher nua dentro do espelho, o relógio grande demais para meus pulsos frágeis, se ela cortasse os pulsos o relógio lhe serviria de atadura, ninguém ia perceber (

agora é tarde, é muito tarde, já é meio-dia, as roupas ainda estão jogadas pelo chão, a calcinha de renda suja de uma gosma nojenta, a borra de vinho no fundo das taças, duas (

talvez seja possível ler o destino no fundo de uma taça vazia, talvez seja possível ler o destino no fundo de uma noite vazia, enquanto a roupa não for recolhida enquanto a cama não for arrumada os lençóis não forem trocados enquanto a borra do vinho no fundo da taça, quem sabe, um resto de noite ainda (

mas já é tarde, é muito tarde, essa claridade e esse calor insuportável, os ponteiros do relógio marcam treze horas e treze minutos, os ponteiros de prata do relógio que Leon esqueceu sobre a cômoda (

a mulher nua dentro do espelho, o relógio grande demais para seu pulso fino, Freud escreveu que os esquecimentos não são inocentes, as pessoas não esquecem realmente, elas deixam algo e voltam depois para buscar o que deixaram (

é de prata, não é relógio de camelô não, viu?! uma duas três da tarde, o sol já vai começar a baixar, talvez ele volte, os ponteiros avançam, não voltam, o dia passando,

passando, as taças sujas as roupas espalhadas manchas de vinho e farelo de pão sobre a mesa (

a borra da noite no fundo das taças, preciso dar um jeito nisso, recolher as taças lavar a louça fazer um café (

é possível ler o destino no fundo de uma xícara de café, a cigana dentro do espelho está nua e o relógio é grande demais (

Ele não volta, ela diz, quatro da tarde é tarde demais, não volta, preciso tirar estas manchas recolher estas roupas trocar estes lençóis, estão manchados, suados, sujos, nojentos, esse calor, esse sol (

os ponteiros de prata, não voltam, não volta, o dia a luz o calor, ele não volta, junto os lençóis jogo na máquina, ponho a água para ferver, coloco o pó de café no coador, enquanto a água ferve recolho as taças, há tempo de lavá-las, eu consigo, meu estômago está revirado, tenho náuseas, sinto falta de ar e vontade de vomitar, essa ressaca maldita mas eu consigo, se me esforçar bastante eu consigo (

a mulher nua, o relógio grande demais, é preciso ter pulso firme, as taças, a borra do vinho, o destino, a noite, a ex-noite, fractal, jogo o detergente na bucha, esfrego, esfrego o cristal, frágil, frágil o cristal frágeis meus pulsos (

irreversível, mil caquinhos se partindo, impossível juntar (

escorregou, caiu, a cabeça se partiu, cabeças se partem todos os dias, todos os dias taças se quebram (

a borra da noite no fundo dos dias, tarde demais, vinho no fundo das taças, se eu me esforçar eu consigo, frágil o cristal frágeis meus pulsos, vinho, vinho tinto, *rouge*, vermelho, sangue, partido, partido meu vermelho coração (

têm o tamanho aproximado de um pulso, um punho fechado, os corações, e pulsam e partem e sangram (

dói, dói muito, acho que dessa vez é irreversível, a mulher está nua no chão da cozinha e já não sabe que horas são e o relógio já não serve para nada e o sangue escorre do meu pulso-coração partido que eu te ofereço nessa taça, Leon (

e então Jesus disse: *tomai e bebei este é o meu sangue*

$$(\quad)$$

$$) ($$

$$(\quad)$$

DISPNEIA

[Sensação de falta de ar e respiração desconfortável. Pode surgir durante a prática de atividades físicas ou em situações de estresse e ansiedade, entre outros. A experiência de dispneia provavelmente resulta de uma complexa interação entre a estimulação dos quimiorreceptores, as alterações mecânicas na respiração e a percepção destas anormalidades pelo sistema nervoso central]

I

Tentativa de auto extermínio, o médico escreveu no prontuário aquele dia. Eu tinha treze para quatorze anos, era tão jovem, tantos hormônios, pessoas jovens fazem esse tipo de coisa para chamar a atenção (

foi um exagero, um exagero do médico, aquilo que ele escreveu no prontuário, eu só queria dormir um pouco, não adiantava contar carneirinhos, fazer exercícios de respiração, a cabeça doía, latejava, não parava de girar, os comprimidos estavam na cabeceira da cama e eu tomei alguns, só isso (

três cartelas de Rivotril, talvez eu tenha exagerado um pouco, sim, mas eu precisava dormir, precisava muito, eu era tão jovem, hormônios que me tiravam o sono, faziam minha cabeça girar, é comum nesta idade, não foi nada de mais, uma vez só não conta, não é? (

meu pai dirigindo o carro rumo ao Pronto Socorro, dirigia muito rápido, me parecia, *Como ela teve coragem de fazer isso com a gente?!*, minha mãe chorando, eu meio adormecida no banco de trás, como quando eu era pequena e voltávamos do sítio aos domingos, a estrada escura, de terra, eu ia no banco de trás, envolvida por um cansaço mole e gostoso depois de ter brincado e nadado o dia inteiro, o trepidar da estrada e a luz indireta dos faróis na escuridão embalavam meu sono (

mas naquele dia havia sol, a luz quente e amarela do sol sobre minhas pestanas semiabertas, os pneus rolavam velozes sobre o asfalto liso, costurando os outros carros, minha mãe, *Como ela teve coragem de fazer isso com a gente*, breve pausa, *Como ela teve coragem de fazer isso com ela?!* (

a frase destacada como um vulto por trás da cortina, o sono semi-profundo de três cartelas de Rivotril, eu lamentei mais pelo que tinha feito a eles do que a mim, por trás da cortina do sono vultos e palavras destacadas, *Essa menina não tem nada na cabeça, adolescente faz cada coisa, graças a Deus não foi nada de mais, mais uma eu não aguento* (

mais uma eu não aguento, foram algumas das palavras de mamãe que eu pude distinguir e que por alguma razão ficaram guardadas, ecoando, é claro que ela podia estar querendo dizer que não aguentaria se eu fizesse aquilo mais uma vez, mas eu sabia que mamãe falava de Tia Celina (

a outra uma era Tia Celina, a irmã de mamãe que tomou comprimidos para dormir e em seguida ligou o gás quando eu tinha sete anos, Tia Celina que me levava para tomar sorvete naquele lugar caro da Savassi, quando Tia

– 78 –

Celina me levava para passear todos pensavam que ela fosse minha mãe, tínhamos o mesmo cabelo preto de fios grossos e o mesmo sorriso (

mamãe tinha um pouco de ciúmes do fato de eu me parecer mais com Tia Celina do que com ela, *Você tem o sorriso da Celina*, mamãe tinha dito uma vez, ou mais de uma vez, e quando ela dizia isso havia certa apreensão em sua voz, porque talvez eu me parecesse demais com Tia Celina (

por trás da cortina do sono o fantasma de Tia Celina recém saído do forno, Tia Celina segurando minha mão e sorrindo para mim com ar zombeteiro, óculos de armação violeta e cheiro de gás de cozinha, eu esparramada no banco traseiro do carro enquanto meu pai fazia os pneus cantarem rumo ao Pronto Socorro (

vultos e palavras destacadas, eu não tinha muita certeza se eram sonhos ou coisas reais ou lembranças, estava tudo muito opaco, tudo envolvido pela névoa daquele sono gostoso, irresistível (

os comprimidos até que funcionam mesmo, oh, glória, glória, todos os anjos do céu, o sorriso gasoso de Tia Celina flutuando por cima de mim, flutuando, flutuando, vultos e palavras flutuando enquanto eu dormia feito uma condenada por dias semanas séculos após a alta do hospital (

a cama de madeira escura, muito sólida, vinhático, *É dessa madeira que se fazem os navios*, papai dizia, tinha orgulho de seus móveis, a cama que ele mandou fazer para mim quando deixei o berço, foi ao marceneiro e escolheu o modelo, na cabeceira tinha um coração vazado (

eu gostava de olhar para o coração vazado, que revelava o branco da parede atrás da madeira escura onde fora talhado o coração, eu ficava olhando o coração vazado na cabeceira da cama e sentia vontade de preenchê-lo com alguma coisa, por algum motivo eu sempre imaginava um coração vermelho feito de goiabada que se encaixava perfeitamente no oco da cabeceira (

uma vez eu tinha visto um coração feito de goiabada em um comercial, um comercial como esses de margarina, porém de goiabada, uma família feliz reunida em torno de uma grande mesa de madeira (

seria vinhático? uma família feliz reunida em torno da mesa se servia de pequenos corações feitos de goiabada dispostos numa travessa e levava-os à boca, sorrindo (

uma família feliz reunida, as fotografias em que Tia Celina ainda estava, me desculpe, mamãe, me desculpe por eu me parecer com Tia Celina, eu não queria fazer isso com você, eu só queria dormir um pouco, eu estava muito cansada e minha cabeça não parava de girar, três cartelas de Rivotril, o pronto socorro a manhã ensolarada e tudo nublado aqui dentro, mas também não foi nada de mais, não vamos exagerar, não foi nada, só uma sonequinha, uma sonequinha gostosa, me deram alta do hospital e você cuidou de mim, me levou queijo quente e achocolatado na cama, aquela que tinha um coração vazado na madeira e que velava o meu sono (

– 80 –

sono de bebê, doce, puro, suave, sonequinha boa, uma sonequinha de nada, não foi nada, já passou, não saiu sangue nem teve que dar ponto, não deixou cicatriz, nem mertiolate precisou, pronto, foi só um susto, passou, é só soprar que sara, não chore, mamãe, eu estou bem, eu não queria fazer isso com você, me desculpe, foi só essa vez, uma vez só não conta, eu vou me comportar, eu prometo, vou tomar todo o achocolatado e quando eu ficar boa novamente eu vou usar os sapatos cor-de-rosa que você comprou para mim, eu vou sorrir e vou ser uma boa menina, não vou mais sorrir como a Tia Celina, prometo (

foi só essa vez, uma vez só não conta, não falemos mais nisso, não pensemos mais nisso, vamos todos dormir em paz, mamãe me traz achocolatado na cama vela o meu sono me canta cantigas de ninar (

Fui na fonte do Tororó, beber água não achei, achei linda menina que no Tororó deixei, aproveita minha gente que uma noite não é nada, se não dormir agora dormirá de madrugada (

não, não é assim tão simples, eu me esforcei, me esforcei muito, o sono não vinha de jeito nenhum, contei carneirinhos fiz aqueles exercícios de respiração e nada, três cartelas de Rivotril (

Oh menina oh meninazinha, entrarás na roda e dançarás sozinha, sozinha eu não danço nem hei de dançar pois eu tenho mamãe para cuidar de mim tenho Tia Celina e seu fantasma gasoso rodopiando por cima de mim velando meu sono, minha sonequinha gostosa, um pouco mais de achocolatado, mamãe, por favor, me desculpe, já passou, não foi nada, eu só precisava dormir um pouco (

que exagero, três cartelas de Rivotril e um prontuário médico, letras miúdas, impressas, *tentativa de auto extermínio*, Tia Celina toda feita de gás flutuando ao meu redor, fantasmas atravessam paredes, as moléculas gasosas se expandem preenchendo os espaços vazios, podem tomar a forma de qualquer recipiente à sua escolha, o fantasma de Tia Celina toma a forma de um coração, preenche o coração vazado na cabeceira da cama e os espaços vazios que ficaram nas fotografias da família

)

)

II

A fotografia estava entre as páginas de um livro, algumas coisas de Tia Celina tinham vindo parar em nossa casa, livros, cd's, a outra metade do aparelho de jantar de Vovó que ela e mamãe haviam concordado em dividir quando Vovó morreu, tinha flores azuis nas bordas dos pratos e agora que Tia Celina também tinha morrido ficaram todos para mamãe, um dia ficariam para mim, se não quebrassem. Com o tempo, as coisas de Tia Celina que tinham vindo parar em nossa casa foram se embaralhando às nossas, perderam o cheiro de Tia Celina, os livros de Tia Celina que foram parar em nossa casa passaram a ser meus, não porque tivessem sido formalmente transmitidos a mim, mas porque desde pequena eu gostava muito de livros (

na época eu tinha sete anos e preferia os livros com figuras, mas também gostava de manusear os livros que não tinham figuras e depois passei a lê-los, alguns deles continham um carimbo com o nome de Tia Celina e do departamento em que ela dava aulas na Universidade, ou uma dedicatória escrita a mão para ela (

aparentemente Tia Celina tinha muitos amigos que gostavam de presenteá-la com livros, o que me parecia encantador e fazia com que eu nutrisse a meta de, quando crescer, ter muitos amigos que me presenteassem com livros e me escrevessem belas dedicatórias (

quando eu tinha treze anos e tomei três cartelas de Rivotril, passei semanas meio dormindo com um coração vazado na cabeceira da cama e ainda não tinha muitos amigos que me dessem livros de presente (

ou muitos amigos de forma geral, mas tinha vários livros que pertenceram a Tia Celina e das páginas de um deles caiu a fotografia (

Cem anos de solidão, crianças com rabinhos de porco, maldições e sagas familiares, a mulher que tomava banho num recinto inundado de borboletas amarelas (

a fotografia estava entre as páginas do livro e Tia Celina sorria, era um riso natural, espontâneo, dirigido a alguém que não aparecia na foto e que, pelo ângulo da cabeça e o olhar de Tia Celina, devia estar posicionado à sua esquerda (

a fotografia foi tirada provavelmente durante uma reunião de amigos, Tia Celina sentada na poltrona e em frente a ela uma mesinha com alguns copos e o que parecia ser uma bandeja com salgadinhos, no canto direito uma perna de mulher com meia calça preta, a foto tremida, um borrão avermelhado atravessando em diagonal o retângulo da película (

possivelmente um dedo mal posicionado do fotógrafo descuidado, é possível que a foto tenha sido tirada por acidente, naquela época as câmeras eram analógicas, o filme custava caro e ficava guardado na geladeira, depois tinha que mandar revelar e torcer para não sair tudo tremido, para as cabeças não estarem todas cortadas em cima do bolo de aniversário, para a gente não estar com os olhos fechados ou vermelhos, era um grande frisson quando papai trazia o envelope amarelo da Kodak que continha as memórias em celulose daquela viagem ou do casamento de um primo distante, depois as fotos que não estivessem arruinadas seriam colocadas num álbum com folhas de plástico e exibidas às visitas, e havia também os negativos em que as pessoas se pareciam aos fantasmas e zumbis dos filmes que passavam de madrugada e que a gente usou uma vez para ver o eclipse do sol (

a foto estava tremida, mas ainda assim alguém resolveu que valia a pena guardá-la, talvez o anfitrião ou a anfitriã da festa, talvez para presentear Tia Celina que estava linda e tinha aquele riso espontâneo dirigido a alguém que não aparece na foto mas que, quando ela foi tirada, possivelmente todos soubessem quem era, talvez se lembrassem até do que conversavam naquela noite e do que ria Tia Celina (

Você tem o mesmo riso da Celina, eu tinha ouvido mamãe dizer, eu gostava de me parecer com Tia Celina porque ela ria e usava uns óculos engraçados em tons de violeta e tinha um jeitão de Rita Lee (

Tia Celina fumava cigarros com um cheiro diferente, meio doce, na casa dela tudo tinha esse cheiro de madeira queimada (

incensos indianos, Tia Celina tinha viajado para a Índia, tinha trazido uma porção de elefantinhos de madeira e tinha me dado um de presente, *Eles dão sorte, protegem a casa*, ela dizia, *mas tem que colocar com a bunda virada para a porta*, eu obedecia, eu adorava ir na casa de Tia Celina e sentir o cheiro da casa dela e ver os elefantinhos e brincar com aquele tubo comprido que tinha um monte de vidrinhos coloridos dentro, a gente ia rodando e várias figuras diferentes se formavam (

Caleidoscópio, isso se chama caleidoscópio, eu achava uma palavra muito bonita, uma palavra que continha vidrinhos coloridos e figuras que formavam outras figuras, uma palavra mágica (

eu adorava ir na casa de Tia Celina e ver o pôster de um moço bonito barbudo pregado na parede, embaixo do retrato tinha uma frase esquisita, parecia que tinham se confundido na hora de escrever, *Hay que endurecerse, pero sin perder la ternura jamás*, é espanhol, Tia Celina explicava, o retrato do moço bonito e a frase que ele tinha dito continham vidrinhos coloridos, formavam figuras mágicas (

o caleidoscópio gira, os vidrinhos coloridos se encaixam e reencaixam formando figuras diferentes, Tia Celina sorri e me leva pela mão para tomar sorvete naquele lugar chique da Savassi, todos nos acham parecidas e pensam que Tia Celina é minha mãe, mas Tia Celina não tem filhos não tem marido, sua casa é cheia de coisas mágicas e eu quero ser como ela quando crescer (

caleidoscópio, os vidrinhos coloridos girando e a fotografia de Tia Celina, tão bonita, sorrindo (

para quem? do que ri Tia Celina? será que olhava a bandeja de salgadinhos e pensava em ligar o gás depois que chegasse em casa e tirasse os sapatos, será que pensava em comprimidos para dormir, naquela noite, já naquela noite, será que sorria e enganava todo mundo? (

caleidoscópio, os vidrinhos coloridos soltam um chiado baixinho quando a gente gira o tubo, eu tenho treze anos e o sorriso de Tia Celina e o coração vazado na cabeceira da cama feita de vinhático, eu tenho treze anos e ninguém me compreende e eu mato aula para fumar cigarros com um cheiro diferente e beijo meninos e meninas no banheiro da escola e um dia tomei três cartelas de Rivotril e fiquei com muito sono, eu tenho treze anos e quero ser como Tia Celina quando eu crescer (

os vidrinhos coloridos giram, as figuras se embaralham são mágicas são monstruosas, giram giram giram eu tenho sete anos eu tenho treze anos eu tenho sete anos e *Hoje não vai dar pra te levar na casa da sua tia pra vocês irem tomar sorvete, não, uma coisa muito triste aconteceu com a Celina* (

o tubo mágico gira, os vidrinhos coloridos se embaralham e de repente algo escapa das mãos, o caleidoscópio a taça quebrada a cabeça partida, creck (

vidrinhos coloridos, caquinhos e vidrinhos de todas as cores espalhados pelo chão do quarto, vejam só, admiremos maravilhados a miríade de figuras multicor

```
                    ( )  ( )
                     ()
           (
               (
         )         ((              (  (
           )                       ))
  ((                   )                    ((
      ))         (                     ))
                     (       (            )
                 (          ((    )
                    )    ))
```

III

Depressão, a sua tia tinha depressão. Depressão, a palavra continha vidrinhos coloridos que formavam figuras que iam mudando e eu não conseguia compreender muito bem, as pessoas ficavam sérias e solenes quando falavam essa palavra, *Depressão, a sua tia tinha depressão* (

os vidrinhos se mexendo e os desenhos se embaralhando e eu não compreendendo mas sem coragem de perguntar, porque as pessoas estavam sérias e solenes e repetiam a palavra, *Depressão*, depressão, como se ela explicasse tudo o gás o pôster do moço bonito os elefantinhos indianos o cheiro da casa os livros espalhados os passeios na sorveteria o sorriso de Tia Celina me levando pela mão o caleidoscópio (

A Celina sempre foi meio doida, né, ouvi papai dizer uma vez, e mamãe ficou com aquela cara meio perplexa, meio tristonha, que era a cara que ela fazia quando de repente olhava para mim e suspirava, *Você tem o riso da Celina* (

é difícil descrever como ficava a cara dela nesses momentos, mas era um jeito que me fazia sentir um pouco de vergonha, como quando eu ia dormir sem escovar os dentes e mamãe me confrontava (

A Celina sempre foi meio doida, doida, Depressão, a sua tia tinha depressão, as palavras com D eram tudo o que havia à minha disposição para explicar o fato de me levarem até a casa de Tia Celina aos finais de semana para brincar com o caleidoscópio e depois irmos juntas à sorveteria e eu pedir banana Split, que era o sorvete mais caro do cardápio, e um dia não mais (

lembro-me da última vez, mamãe me levou lá numa tarde depois da escola, Tia Celina já não estava, mamãe pediu que eu ficasse quietinha enquanto ela ia abrindo os armários e colocando as coisas em caixas e suspirando e balançando a cabeça, *Como ela teve coragem de fazer isso com a gente*, mas não chorava, parecia um soldado, parecia brava, eu tinha vontade de mexer nas coisas de Tia Celina que eram tantas e tão bonitas mas não tive coragem, então fiquei sentadinha no sofá sentindo o cheiro que era uma mistura do cheiro da casa de Tia Celina com um cheiro novo no ar (

cheiro de fantasma, os fantasmas nos filmes eram transparentes e gasosos, voavam, se espalhavam no ar como um gás, a gente nem sempre conseguia vê-los mas era possível sentir sua presença, fiquei sentadinha no sofá, conforme mamãe tinha recomendado, sentindo cheiro de fantasma, cheiro de fantasma gasoso (

fiquei bem quietinha e não mexi em nada enquanto mamãe ia abrindo os armários e pegando as coisas e colocando em caixas, caixas diferentes para coisas diferentes, uma para roupas outra para discos livros papéis outra para o aparelho de jantar outra para enfeites, várias caixas espalhadas eu sentadinha bem quieta eu era uma menina boazinha eu obedecia minha mãe eu não tinha culpa se todos pensavam que Tia Celina era minha mãe quando íamos à sorveteria, cheiro de fantasma gasoso e eu bem quietinha, obediente, uma caixa para cada coisa, na caixa dos enfeites tinha um elefantinho de madeira mas mamãe não tinha colocado da forma correta, tinha jogado lá de qualquer jeito e a bunda não estava virada para a porta, a bunda precisava ficar virada para porta senão a casa ficava desprotegida, Tia Celina aprendeu isso na Índia, de onde vieram os elefantinhos e onde havia homens muito antigos que sabiam muitos segredos importantes, como o truque de deixar os elefantinhos com a bunda virada para a porta para proteger a casa e não deixar os fantasmas entrarem, mamãe não tinha viajado até a Índia e não conhecia o segredo, não era culpa dela, mas a bunda não estava virada para a porta e era perigoso, a casa ia ficar desprotegida, nesse caso não era desobedecer, eu tinha de proteger a casa, proteger mamãe, quando ela não estava vendo fui lá peguei o elefantinho e escondi no bolsinho de dentro do casaco do uniforme para garantir que a bunda ficasse sempre virada para a porta (

mamãe não percebeu e não brigou comigo, estava muito cansada, o que era compreensível pois ela teve todo aquele trabalho separando as coisas de Tia Celina uma a uma e colocando em todas aquelas caixas, não quis que eu ajudasse (

mas eu ajudei, fiquei quietinha como ela pediu e também protegi a casa guardando o elefantinho de madeira no bolso interno do meu casaquinho, no final da tarde papai saiu do trabalho e buscou a gente de carro, colocou algumas das caixas no porta-malas, as outras eles disseram que eram para a Caridade, eu não conhecia a Caridade mas fiquei com um pouco de inveja dela porque as coisas de Tia Celina eram tantas e tão bonitas e a Caridade ia ficar com quase tudo para ela, pelo menos eu tinha o meu elefantinho, quando chegamos em casa mamãe colocou a travessa com o suflê que tinha sobrado do almoço no forno para esquentar mas não quis comer, disse que estava muito cansada e precisava tomar um banho, papai tirou o suflê do forno e comemos só nós dois em silêncio e eu disse que estava sentindo cheiro de fantasma, papai arregalou o olho e ficou branco como um fantasma, deu um pulo e foi correndo até a cozinha, ele tinha esquecido o gás ligado, depois fui para o meu quarto e fiquei brincando com meu elefantinho roubado, tive medo que mamãe descobrisse mas nesse dia ela não foi ao meu quarto fechar as cortinas me dar um beijo de boa noite e rezar o Pai-Nosso comigo antes de dormir (

o trabalho de separar todas as coisas de Tia Celina em caixas deixou mamãe muito cansada, mesmo depois, depois desse dia mamãe ficou cansada para sempre, não punha mais bobs e touca no cabelo porque dava muito trabalho e ela estava cansada demais, quando papai voltava do trabalho ela não sentava mais na mesa com a gente porque estava muito cansada para comer, um dia me levou na escola usando seus chinelos de pelúcia cor-de-rosa, acho que estava cansada até para escolher sapatos, eu cheguei a pensar que mamãe estivesse triste, mas como ela não chorava eu concluí que estava mesmo cansada, o cansaço é muito parecido com a tristeza, deixa a gente com o corpo e a cabeça muito pesados, os braços ficam caídos para baixo porque estão pesados e se torna difícil levantá-los, o peso dos braços puxa os ombros e as costas para baixo também, até o rosto é repuxado para baixo, a região entre os olhos e as bochechas se torna maior e fica latejando, como se tivessem bolinhas de chumbo explodindo embaixo da pele, estamos cansados e não estamos tristes e por isso não choramos, fica aquele peso embaixo dos olhos e a gente quer chorar para ver se as lágrimas expelem o chumbo de baixo dos olhos mas não choramos, estamos cansados (

mamãe estava cansada e eu era uma menina boazinha, gostava de obedecer e de ajudar mamãe e de usar os sapatos cor-de-rosa que ela comprou para mim e de fazer o dever de casa com uma letra bem caprichada depois de lavar as mãos para que as folhas do caderno não ficassem sujas, manchadas, tinha decorado direitinho todas as falas do nosso teatrinho do terceiro período e por isso a professora tinha me chamado para ser a oradora da turma e as crianças todas ficavam me chamando de CDF e só a Raquel gostava de brincar comigo, eu nunca tinha quebrado a perna nem o braço e nunca tinha usado gesso para os colegas da escola poderem escrever os seus nomes e desenhar estrelas e corações, uma menina boazinha que não dava trabalho, mamãe estava cansada e eu só queria ajudar (

Mamãe, agora que Tia Celina morreu ninguém mais vai pensar que ela é que é minha mãe e você não vai mais precisar sentir ciúmes, mamãe estava cansada e seus braços estavam caídos para baixo o tempo todo mas de repente eles se levantaram muito vermelhos e soltando poderes que nem os dos personagens do Mortal Kombat que a gente jogava no videogame do irmão da Raquel (

eles ficavam brigando pra ver quem ia ser o Sub-Zero e o Scorpion, que eles achavam os mais fortes, mas eu gostava da Sonya Blade, porque ela era bonita e usava uma roupa verde colada com a barriga de fora e lutava que nem os meninos (

Mamãe, agora que Tia Celina morreu ninguém mais vai pensar que ela é que é minha mãe e você não vai mais precisar sentir ciúmes, mamãe veio Sonya Blade pra cima de mim soltando raios das pontas dos dedos e o tapa no meio da cara, ardeu e ficou vermelho, *fatality*

)

))

)))

))))

IV

Doida, Deprimida, Destemperada, Desvairada, Desatinada, Dançada, Doente (

foram alguns dos nomes que acrescentei à lista das palavras com D depois que Tia Celina morreu, nomes que as pessoas começaram a dizer com frequência ao meu redor, eu gostava de fazer listas, sempre gostei, um velho hábito, listas de palavras de nomes para bichos de pelúcia dos países e cidades que eu queria conhecer de coisas que faziam barulho ao quebrar e das que quebravam sem ruídos, listas de coisas que davam medo, listas de palavras em outras línguas cujo significado eu não conhecia, listas de comidas que eu gostava e não gostava e assim por diante, o hábito de fazer listas me rendeu habilidades impressionantes no jogo de adedanha, eu ganhava todas e ninguém gostava de jogar comigo (

na lista, o D vinha logo depois do C, C de Celina de Caleidoscópio de Che Guevara, eu era boa com as palavras, conhecia uma porção, mamãe sempre conta que eu aprendi a ler sozinha antes de entrar para a escola, estávamos passeando de carro pelo centro da cidade e o sinal fechou em frente às Lojas Mesbla, eu apontei para o grande M em letras vermelhas e exclamei, M de Mamãe, eu não me lembro mas ela conta que levou um grande susto e chorou de emoção, sempre que conta essa história mamãe olha para mim com admiração e me beija e diz que eu sou seu orgulho (

eu era uma menina boazinha e sempre dava orgulho a mamãe, tirava as melhores notas da turma e as professoras sempre me elogiavam nas reuniões de pais, mamãe ficava toda orgulhosa e as outras mães ficavam com inveja, as outras crianças não gostavam de brincar comigo porque eu sempre ganhava na adedanha, mas um dia eu fiquei muito cansada e parei de tirar notas boas e as professoras pararam de me elogiar e mamãe parou de ficar orgulhosa (

Cansada entrou para a lista das palavras que começavam com C depois que Tia Celina morreu, junto com a palavra Coisas e a palavra Caixas, palavras que tinham deixado mamãe muito cansada e eu acabei ficando também, mesmo sem ter tido todo o trabalho que ela teve de separar todas aquelas coisas na casa de Tia Celina e colocar em caixas, eu fiquei sentadinha no sofá bem boazinha sentindo cheiro de fantasma mas às vezes a gente fica cansada sem se mexer, só ver e olhar também pode deixar a gente cansada, os cheiros e os gostos podem deixar a gente cansada, sem vontade de fazer nada, sem vontade de tomar sorvete (

Banana Split, era o mais caro do cardápio mas Tia Celina deixava eu pedir, um dia não mais, mas também não fazia diferença, eu nem me importava, estava muito cansada para tomar sorvete, estava muito cansada para brincar com meu elefantinho de madeira para ir à Índia para aprender novas palavras em espanhol, as Coisas e as Caixas tinham me deixado muito cansada, ver todas aquelas coisas ali, era coisa demais, era muito demais (

fiquei cansada, não triste, não chorei, mamãe não chorou, eu nem gostava tanto assim de Tia Celina, eu gostava quando ela estava aqui, mas era só porque ela estava aqui, porque eu podia ficar perto dela, sentir o cheiro dela antes de virar cheiro de fantasma, ir de mãos dadas com ela à sorveteria, *Sua filha é linda, vocês se parecem tanto!,* mas agora que Tia Celina não estava mais não fazia diferença, eu não me importava e nem estava triste, só cansada (

quando a gente está muito cansada, mas muito cansada mesmo, a gente não consegue dormir a gente conta carneirinhos a gente inspira e expira a gente repete dentro da cabeça as listas das palavras que começam com C com D e com as outras letras, as formas das palavras e das coisas que elas significam vão se misturando dentro do caleidoscópio girando e a cabeça da gente gira e o sono não vem, não vem (

às vezes eu dormia um pouquinho só e Tia Celina aparecia, sorrindo, me pedindo desculpas porque ela não ia poder me levar para tomar sorvete, ela estava muito cansada porque não conseguia dormir e por isso ela tinha tomado muitos comprimidos, outras vezes ela abria a boca uma boca enorme e soltava uma grande risada de bruxa e um cheiro de fantasma e me dava muito medo, ela fazia aquilo porque eu não gostava mais dela e ela tinha raiva e desprezo por mim, eu acordava muito cansada (

cansada, não triste, não chorava e não dormia (

Dormir, Doida, Deprimida, Destemperada, Desvairada, Desatinada, Dançada, Doente, *A Celina sempre foi meio doida, né*, papai balançando a cabeça, as sobrancelhas arqueadas, *Depressão, a Celina tinha depressão*, os adultos sorriam com compaixão esperando que a palavra com D fosse suficiente e que eu não fizesse mais perguntas, eu muito cansada para fazer perguntas, eu uma menina boazinha obediente e muito boa com as palavras, eu sabia que todas aquelas palavras com D queriam dizer que Tia Celina não era tão sabida assim, ela parecia sabida porque tinha muitos livros e pôster do moço bonito e caleidoscópio e elefantinhos indianos e tantas coisas que nem cabiam em caixas mas no fundo ela era todas aquelas palavras com D e eu não devia gostar tanto dela, não podia, Tia Celina tinha cheiro de fantasma e Tia Celina era um monte de palavras com D e eu abri a gaveta onde tinha colocado o elefantinho de madeira com a bunda virada para a porta do quarto (

o elefantinho estava dentro da gaveta, eu não queria que mamãe visse o elefantinho em cima da mesinha de cabeceira então o coloquei dentro da gaveta, ele ficava invisível mas com a bunda virada para a porta e eu sabia que ele estava lá exatamente naquela posição então a casa estava protegida, abri a gaveta e troquei o elefantinho de posição e agora era a tromba que estava virada para a porta, não a bunda, porque Tia Celina era um monte de palavras com D e não sabia de nada e era mentira que se o elefantinho ficasse com a bunda virada para porta a casa estava protegida e os fantasmas não poderiam entrar, era tudo mentira (

mas agora que a bunda do elefantinho não estava mais virada para a porta podia ser que Tia Celina entrasse e me levasse pela mão para tomar sorvete com ela

( )( )( )

( )( )

( )

)

V

O Caderno de Perguntas passava de mão em mão durante a aula de Geografia, enquanto a professora desenhava com giz o mapa do Brasil dividido por estados no quadro negro. Cadernos de Perguntas eram uma febre entre os adolescentes, no topo de cada página havia uma pergunta (

banda preferida, filme, o que levaria para uma ilha deserta, quantas pessoas já beijou, a gente ia respondendo nas linhas numeradas, em volta havia adesivos, corações, indiretas para os colegas (

Qual a coisa que você mais odeia, era a pergunta da página oito, eu queria responder algo interessante, pouco óbvio, alguma coisa que reafirmasse minha reputação de garota estranha e doidinha (

a essa altura eu já tinha parado de tirar notas boas, os colegas já não me chamavam de CDF, me convidavam para as festas, eu andava com os cabeludos e maconheiros, frequentávamos um lugar chamado Expresso da Meia-Noite, era um porão enfumaçado onde tocavam bandas de garagem e onde nos deixavam entrar e beber sem carteira de identidade, eu pegava as camisas de flanela xadrez do armário do meu pai e amarrava na cintura, usava coturno e tênis All Star com desenhos a caneta Bic na sola de borracha (

nunca mais sapatos cor-de-rosa, nunca mais um boletim azul, de recuperação todo ano, mamãe ficava desesperada, nunca mais o seu orgulho, a sua menina de sapatinhos cor-de-rosa, *don't follow the yellow brick road, there's no place like home* (

se você colocar o *Dark Side of the Moon* para tocar exatamente após o terceiro rugido do leão da Metro se surpreenderá com a sincronia perfeita, pôsteres de Kurt Kobain e Jim Morrison na parede do quarto, porres de vodka barata, vinho Sangue de Boi e leituras de Byron e Allen Ginsberg no coreto da Praça da Liberdade, aquela juventude perdida promíscua vagabundos maconheiros desocupados matando aula, *Você quer deixar sua mãe louca, você quer matar a sua mãe?* (

eu queria, eu não queria, mamãe eu te amo tanto, mas o seu útero agora é uma coisa tão distante, por que você não me deixa voltar, lá dentro era tão gostoso, tudo quentinho e sossegado, eu toda compreendida, envolvida por todo aquele líquido amniótico, mas você me expulsou, me expeliu lá de dentro e agora eu preciso rasgar este útero inútil, estraçalha-lo, retalha-lo, deixar em pedacinhos este seu pobre coração materno estes seus móveis de vinhático, será que você não compreende? (

mamãe não compreendia, mamãe não sabia de nada, da vida, do mundo, do ronco oculto das profundezas, do grande mistério, das zonas proibidas, do vento selvagem que soprava furioso (

mamãe fechava as janelas, gostava da sua casa segura, protegida, vedada, a salvo dos imprevistos, dos vendavais, dos ventos que tumultuavam as cortinas, espalhavam a cinza dos cinzeiros e derrubavam os porta-retratos (

as fotografias de família, uma família feliz reunida em torno de uma mesa de vinhático devorando pequenos corações de goiabada, corações sólidos, consistentes, as fotografias em que Tia Celina ainda estava (

Tia Celina em estado sólido, mamãe preferia as coisas sólidas, a casa varrida os objetos organizados, cada coisa em seu lugar, uma caixa para cada coisa, Deus nos livre da desordem da poeira do vento encarnado que atordoa o juízo e adoece os pulmões (

mamãe fechava as janelas, a casa tinha um ar parado, pesado, aquele calor de mil sóis, sufocante, impossível respirar aqui dentro, eu batia a porta e corria em direção ao ar, ávida, altiva, os alvéolos ansiando por novas trocas gasosas, gás carbônico e oxigênio, o sangue sendo purificado, os pulmões se expandindo, inspiração e expiração, o ar, o ar fresco e ameaçador das ruas, o vento, caminhando a favor do vento, contra o vento, contra tudo e contra todos, abaixo a tradicional família mineira, não consigo respirar nessa casa, preciso tomar um ar (

o som da porta batendo atrás de mim, eu ia sem rumo pelos terrenos baldios cheios de ervas daninhas, vento nos cabelos, caminhava sob o sol empunhando orgulhosa toda a minha incompreensão, toda a minha raiva, meus pés calçados com o coturno preto me levavam até a linha de trem desativada, eu acendia um beque, ficava arrancando os matinhos que cresciam junto aos trilhos abandonados do trem de ferro e vendo a cidade lá embaixo, olhando embasbacada para toda aquela amplitude, embriagada, atingida nas vistas pelo imensurável, o vento me jogando na cara o que era a imensidão, o desmedido de tudo, o ilimitado dos possíveis (

vagabundos maltrapilhos atravessando a Costa Leste dos Estados Unidos, sentada nos trilhos abandonados do trem eu pensava em Kerouak e na Geração Beat, queria ser como eles, queria tomar parte naquilo, eles compreendiam, a beatitude, a iluminação, eu amava tudo o que era amplo e temerário, sentia inveja e revolta por ter nascido na época e no local errados (

Qual a coisa que você mais odeia? estava escrito no Caderno de Perguntas que passava de mão em mão durante a aula de Geografia, qual a coisa que você mais odeia, o ar irrespirável de um sólido lar de classe média, os valores da família cristã, a casa arrumadinha tudo limpinho cheiroso e higiênico, tudo adequado, conveniente, tudo organizado e cabendo direitinho dentro das caixinhas empilhadas dentro desta redoma de ar parado, não sobra uma fresta, não entra um fiozinho de ar, socorro, mamãe, me ajude, eu não consigo respirar, mamãe, mamãe, socorro, será que eu odeio você? (

sentada nos trilhos abandonados eu tragava a fumaça para dentro dos pulmões, puxava forte e prensava e depois tossia, tossia, ficava zonza, a cabeça girando, as portas da percepção se abrindo, a luz da tarde refletindo na Serra do Curral, meus olhos apertados e a cidade pequenina lá embaixo, a cidade me pertencia, a cidade pequenina cheia de prédios e de casinhas onde havia mães e móveis de vinhático e menininhas bem comportadas que tiravam notas boas (

Qual a coisa que você mais odeia? a página oito do Caderno de Perguntas, qual a coisa que você mais odeia, essa vida, essa vidinha desprezível que vocês levam aí embaixo, suas casinhas bem arrumadas suas coisinhas guardadas em caixinhas, uma caixa para cada coisa e as cortinas fechadas e esse ar parado, me sufocando, não consigo respirar (

dou mais uma tragada no beque, impossível respirar dentro desta casa mas eu estou aqui em cima, aqui venta, o ar circula, estou aqui no vórtice da amplitude no olho do furacão, vou pegar o primeiro trem para a Costa Leste e vocês não vão mais saber de mim, vou juntar minhas coisas vou deixar um bilhete de despedida sobre a mesa da cozinha (

Eu te amo, mamãe, me desculpe, eu tive que partir porque aqui era impossível respirar, me desculpe, mamãe, eu te odeio (

Qual a coisa que você mais odeia, Caderno de Perguntas aula de Geografia recuperação em matemática está quase na hora do jantar mamãe vai assar alguma coisa no forno batatas coradas rocambole de carne tanto faz, tanto faz, puxo a fumaça prendo solto meus olhos apertados e a cidade pequenina lá embaixo, nada tem realmente importância, nada existe de verdade, as espirais de fumaça ondulando, as lindas volutas sob os últimos raios de sol, vagos contornos de irrealidade (

nessa hora Tia Celina chegava flutuando em estado gasoso e se sentava ao meu lado

)

)

)

((((((((((((((((((((( )

VI

Tia Celina sorrindo, os olhos apertados, chegava flutuando, vaporosa, se sentava ao meu lado, o semblante sereno, como se supõe que sejam sábios e serenos aqueles que já fizeram a travessia para a Índia para o plano astral, seu sorriso era a pura compreensão, seu ente gasoso que irradiava a luz dourada da tarde, Tia Celina permanecia ao meu lado, flutuando impassível sobre a cidade, com os olhos apertadinhos e o sorriso zen budista me informava que tudo ia ficar bem, tudo estava bem, que eu tivesse paciência, que tudo fazia parte de um plano grandioso, generoso, um mistério que compreende tudo, mães, tias, filhas, a cidade a serra os raios dourados do sol que entram pelos poros o vento da tarde que arrepia os cabelinhos do braço (

Você está cada vez mais parecida com a Celina, mamãe dizia e agora definitivamente não era um elogio, tampouco uma ameaça, era, sim, uma tristeza, uma constatação de que eu começava a condensar em meu corpo adolescente todas aquelas palavras com D, Doida, Deprimida, Destemperada, Desvairada, Desatinada, Dançada, Doente (

Dor, doía nela perceber que estes atributos aderiam à minha pele cada vez mais, a tatuagem de um coração em chamas cercado por arame farpado que surgiu em minha nuca naquela manhã (

pavorosa, hedionda, feita sem qualquer assepsia pelas mãos inábeis de um cover de Raul Seixas que era amigo do primo de um amigo que estava aquele dia no Expresso da Meia-Noite (

A agulha era descartável, pelo menos?! mamãe perplexa, incrédula e ao mesmo tempo resignada, triste, o estrago já tinha sido feito, não havia mais o que fazer, como era possível, aquele ser que ela expeliu de suas entranhas, embebido em sua placenta, em seu sangue, aquele ser que ela embalou por noites e noites e noites, exausta mas maravilhada porque tinha saído de dentro dela a menininha em cujo bumbum de seda ela passava Johnson's Baby e cujas fraldas de pano ela lavava, a menininha em quem ela colocava lacinhos e sapatinhos cor-de-rosa, a menininha que ela alimentava com sopinha de legumes batida no liquidificador porque se recusava a comprar aquelas papinhas industrializadas, a menininha que aprendeu a ler sozinha e que era um prodígio, era o seu orgulho, *Minha, minha menina, o que você está fazendo, por que você faz isso comigo, eu te dei tanto carinho tanto amor por que por que por que* (

o coração em chamas tatuado, arame farpado, o coração vazado na cabeceira da cama, destroçado, vilipendiado, o meu, ardia, doía, me doía sentir o olhar devastado de mamãe sobre minha pele recém tatuada sobre meu cabelo um dia pintado de papel crepom azul, a sua reprovação, a sua incompreensão, a sua desolação, doía, doía e me fazia querer mais, pedir por mais, ver até onde você aguenta (

Qual a coisa que você mais odeia, era a pergunta da página oito do Caderno de Perguntas que circulava de mão em mão durante a aula de Geografia, *Estudar, Sopa de espinafre, Meu cabelo quando saio da piscina, Minha irmã mais velha, Calça de cintura alta*, era este o gênero de coisas que as meninas em geral respondiam, mas eu era diferente, queria ser diferente, doidinha, palavras com D combinavam comigo, então tirei da mochila o livro que pertencera a Tia Celina e que eu havia descoberto na estante da casa dos meus pais, soterrado por uma pilha de revistas velhas, empoeirado e com a lombada despregada (

Henry, June e eu: delírios eróticos, Anaïs Nin, eu o carregava comigo para baixo e para cima, estava apaixonada por Anaïs Nin e me angustiava não poder ser ela, não poder ter a sua vida, a grande culpada por isso, claro, era minha mãe, que encarnava em sua figura que assava bolos, assistia o Fantástico aos domingos e se espremia na fila das Lojas Americanas para comprar presentes de Natal, todo o peso secular das convenções pequeno-burguesas, das interdições e opressões (

Anaïs Nin se tornou minha profetisa, seus delírios eróticos se tornaram meu livro sagrado (

antes de dormir eu lia as páginas do livro sagrado e rezava, mamãe já não vinha mais me dar beijo de boa noite e rezar o Pai-Nosso comigo, eu rezava solitária e ardorosamente deitada de bruços e esfregando meu clitóris freneticamente até a exaustão, os lençóis ficavam ensopados (

o livro sempre comigo, carregando-o comigo eu me assegurava de não me afastar por completo da salvação apesar da existência desprezível que eu levava, aula de geografia e em seguida o almoço de carne assada e olhos pregados na toalha xadrez, o som da TV ligada no Globo Esporte e de tarde o cursinho de inglês (

Qual a coisa que você mais odeia, tirei o livro de Anaïs Nin da mochila e abri numa página aleatória como se fosse um oráculo, parafraseei, tomei certas liberdades poéticas, *Odeio a escola e tudo ligado a ela. Também odeio pinturas holandesas e chupar pênis* (

o Caderno de Perguntas arrancado de minhas mãos pela professora de Geografia, seus lábios crispados e os olhos cinzentos, atônitos, sobre o ménage na capa do livro e sobre as palavras em caligrafia estreita e inclinada na página oito do Caderno de Perguntas (

chupar pênis, eu poderia argumentar que era só pela piada, eu não odiava chupar pênis e inclusive poderia acontecer de gostar muito quando a oportunidade se apresentasse, mas lamentavelmente eu não era como Anaïs, que tinha paus e vaginas da melhor qualidade à sua disposição, e a pintura holandesa eu só incluí na lista por uma questão de estilo, mas na verdade eu gostava muito, a moça com brinco de pérolas e aquela outra que despejava leite sobre uma travessa e usava um avental azul (

Sala da Diretoria, agora, suspensão de dez dias e justo na semana de provas, é, parece que dessa vez não vai ter jeito, o jeito vai ser repetir de ano, mamãe e o olhar mais triste deste mundo, as meninas da escola me achando muito pra frente, muito avançada, me olhando com admiração e desconfiança, os meninos querendo que eu chupasse os pênis deles, Tia Celina morreu de rir

( ) ( )

) (

( )

)(

VII

Doida, Deprimida, Destemperada, Desvairada, Desatinada, Dançada, Doente, Diagnóstico (

outra palavra com D, a lista não parava de crescer, o meu era Depressão Ansiosa ou Depressão Mista, também chamada Transtorno Misto Ansioso-Depressivo (

estava escrito no laudo, com carimbo e tudo, o médico tinha registro no CFM e jaleco branco e bigodes amarelos de nicotina e as pálpebras abaixadas enquanto eu ia falando o que me vinha à cabeça, com uma das mãos ele ia anotando coisas no papel sobre sua mesa, com a outra mão apoiava sua cabeça inclinada, quatro dedos na testa e o polegar na bochecha, como se estivesse psicografando uma mensagem do além, a caneta se movia sem parar, como a caneta não parava de se mover eu sabia que ele não estava dormindo, do contrário não poderia ter certeza, seus olhos estavam sempre abaixados na direção do papel (

Transtorno Misto Ansioso Depressivo, estava escrito no laudo, era necessário, era imprescindível um laudo com letra e carimbo de médico para entregar na secretaria do colégio e evitar a expulsão, um laudo com um Diagnóstico que explicasse o meu comportamento inaceitável minha conduta indecorosa as notas horríveis o desinteresse a indisciplina as roupas estranhas os olhos vermelhos o material pornográfico (

Transtorno Misto Ansioso Depressivo, estava escrito no laudo, os principais sintomas são tristeza persistente, desânimo, perda de interesse nas atividades cotidianas, anedonia, incapacidade de sentir prazer, sensação de vazio emocional, pensamentos ansiosos, preocupações irracionais e desproporcionais, inquietação e agitação interna, exaustão física e mental, fadiga constante, distúrbios do sono, insônia à noite e sonolência excessiva durante o dia, sentimento profundo de culpa, desesperança, dificuldade de concentração e tomada de decisões, baixo desempenho escolar, irritabilidade, pensamentos suicidas e autodestrutivos (

eu olhei na internet, era discada e só podia usar depois da meia-noite, quando a tarifa era mais barata, senão a conta de telefone ficava um absurdo de cara e também não se podia ocupar a linha durante o dia, enquanto conectava fazia aquele barulhinho, bip bip, os sons agudos intercalados com os chiados, o íconezinho de um globo terrestre e os pontinhos que iam ligando o ciberespaço ao computador da sua casa, *dialing progress* (

Não vai ficar no computador até tarde, hein, senão não consegue acordar pra ir pra aula amanhã, É rapidinho, mãe, preciso fazer uma pesquisa pro trabalho de inglês, ela fingia acreditar, àquela altura já não tinha muito o que fazer, estava completamente exaurida, o importante era manter as aparências e evitar as brigas a gritaria o bater de portas (

Transtorno Misto Ansioso Depressivo, a Internet era um multiverso maravilhoso que continha tudo o que você necessitasse, canções de Janis Joplin e do Led Zeppelin baixadas no E-mule, o ICQ com o ícone da margaridinha, o chat do Uol cheio de pedófilos e pervertidos em geral, a lista completa do Catálogo Internacional das Doenças ao alcance de um click do indicador direito após a meia-noite (

Transtorno Misto Ansioso Depressivo, as causas são multifatoriais e envolvem um desequilíbrio químico cerebral e alterações nos neurotransmissores, serotonina, dopamina e noradrenalina, há também a predisposição genética, estudos sugerem que certos genes podem estar associados à tendência para desenvolver distúrbios de humor (

Doida, a Celina sempre foi meio doida, né, e também eventos traumáticos ou estressantes que podem desempenhar um papel significativo no desencadeamento ou agravamento de sintomas da depressão ansiosa, traumas emocionais, perdas significativas (

Hoje não vai dar pra você ir tomar sorvete com a sua tia, e também o estilo de vida, a tendência à introspecção, ao isolamento, o uso de álcool e de substâncias ilícitas, o interesse por literatura maldita degenerada decadente pornográfica (

Kerouak Allen Ginsberg Anaïs Nin, *Essa juventude está perdida*, as más influências, as amizades perniciosas, cabeludos maconheiros viciados, *Eu não sei mais o que fazer com essa menina, Doutor, pelo amor de Deus, me ajude, me dê uma luz* (

Transtorno Misto Ansioso Depressivo, o tratamento é simples, medicamentos antidepressivos ansiolíticos dois comprimidos após o café um comprimido ao deitar avaliação periódica com o médico de bigode amarelo que não tira o olho do papel (

o laudo, a letra de médico, o carimbo do CFM, sintomas causas tratamentos tudo se encaixa, uma caixa para cada coisa, os vidrinhos coloridos do caleidoscópio formando figuras reconhecíveis, sadias, seguras, uma família feliz reunida, as fotografias onde todos sorriem e abocanham pedaços de goiabada em forma de coração retirados de uma travessa sobre a mesa de vinhático (

suculento açucarado rubro, preenchido o coração, o Diagnóstico, agora podemos dormir tranquilos (

três cartelas de Rivotril, Pronto Socorro, lavagem estomacal, o sono, o doce sono reparador de corações atormentados

))

((

VIII

Estamos na cozinha, mamãe e eu, não faz tanto tempo assim (

quando foi mesmo? não me lembro exatamente, deve ter sido durante as férias, julho ou dezembro, o recesso da universidade, eu vou a Belo Horizonte visitar mamãe, fico vários dias, sim, era dezembro, me lembro de ter ido com ela fazer compras para o Natal (

a fila do supermercado enorme, interminável, os carrinhos cheios de chester, caixas de bombom Garoto e rolos de papel de presente com estampas de sinos e flocos de neve, as moças do caixa mal-humoradas, exaustas (

eu, ao contrário, estou bem-humorada, resiliente, os anos em que eu batia as portas ficaram para trás, convivo bem com mamãe, agora sou uma mulher adulta, independente, tenho minha própria casa há trezentos quilômetros de distância da casa dela, mamãe está velha, eu estou velha, vamos ao supermercado juntas, falamos de receitas e do preço do bacalhau desfiado, sou uma mulher adulta (

nosso carrinho contém, além dos ingredientes para a ceia que será daqui a alguns dias, uma garrafa de Campari, pó de café, alho descascado e alguns quiabos, que vamos preparar para o almoço de hoje com o frango que está descongelando sobre a pia da cozinha (

frango com quiabo, é o prato favorito de papai, que está no sofá folheando uma revista enquanto preparamos o almoço (

mamãe pica quiabos, a tevê está ligada no Mais Você, é uma manhã comum, daqui a alguns dias será Natal, faz um pouco de calor, é comum nesta época do ano, mas a janela está meio palmo aberta, entra um pouco de ar, teremos frango com quiabo e angu no almoço, é a comida favorita de papai, mamãe pica quiabos, preparamos um drinque (

Campari e suco de laranja, mamãe adora, quando era pequena eu ficava fascinada com o drinque vermelho, tão vermelho, cor de sangue, mamãe gostava de tomar sol no terraço, lia os jornais sentada em uma cadeira de lona listrada bebendo Campari, as gotículas de suor se formavam na pele de mamãe e no exterior do copo cheio daquele líquido vermelho com cubos de gelo (

preparamos o almoço e tomamos Campari com suco de laranja, eu e mamãe, conversamos, estamos tranquilas, apaziguadas, felizes talvez, falamos amenidades, *a Ana Maria Braga cortou o cabelo, ficou bom! Olha, tem que secar bem o quiabo com papel toalha para não babar*, Eu sei, mãe, quer mais um drinque? *Depois que você se mu-*

– 118 –

dou para longe eu acho que virei alcoólatra, tomo Campari todo dia, Que isso mãe, não fala assim, que exagero (

eu pego a faca mais afiada para cortar o frango, tento separar a coxa do peito, procuro cortar bem na junta, *Eu gosto de tomar o meu Campari enquanto preparo o almoço, é o meu ritual, eu fico feliz da vida, sozinha com meu Campari, tem gente que não aguenta ficar sozinha mas eu acho bom, gosto da minha própria companhia* (

os quiabos estão secando sobre o papel toalha, cortadinhos, pequenos cilindros verdes com as bolinhas brancas explodindo como pequenas granadas (

Eu também gosto de ficar só comigo mesma, mãe, sossegada no meu canto, lendo, fazendo minhas coisas sem ninguém me incomodar, *Você é inteligente, né filha, é culta, independente, não é igual essas moças que largam tudo pra ir atrás de homem, nisso eu acertei, não te criei pra ficar dependendo de homem, eu gostava do Luciano, ele era um bom rapaz, mas você quis separar, não quis casar de novo, não quis me dar netos, eu respeito,* Deus me livre casar de novo, mãe, cueca suja no banheiro sapato jogado no corredor, nunca mais, prefiro ficar sozinha (

o vermelho do Campari vai ficando desbotado, o gelo derretendo, *É importante a pessoa saber gostar da sua própria companhia, né, filha, eu gosto da minha, gosto do meu Campari, das minhas panelas, seu pai fica lá na sala vendo jornal enquanto eu faço o almoço, limpo a casa, eu acho é bom, muito ajuda quem não atrapalha,* Mas não é justo mãe, a senhora fazer o serviço de casa todo sozinha,

– 119 –

ele podia fazer alguma coisa, né, *Seu pai não sabe fazer nada, vai é me dar mais trabalho,* Mas aí a senhora teria mais tempo, poderia fazer alguma coisa pra se distrair, ir ao cinema, fazer aquele curso de cerâmica que você começou e largou, *Não, prefiro ficar sozinha com meu Campari, é importante a pessoa gostar da sua própria companhia, saber ficar sozinha* (

seguro a faca, acabei de passá-la no amolador, o frango oferece resistência, o osso entre a coxa e o peito é difícil de cortar, é preciso encontrar o local exato das juntas, a carne do frango é pegajosa, minhas mãos estão meladas e escorregam, puxo um tendão, é branco e elástico como um fio dental (

Sim, é importante a pessoa saber gostar da sua própria companhia, respondo, falo sem pensar muito, apenas repito o que ela diz, procuro concordar com ela, não oferecer resistência, não discutir, não quero mais gritar, bater as portas, mamãe está velha, está cansada, eu estou velha, estou cansada (

É importante a pessoa saber gostar da sua própria companhia, penso igual a você, mãe, eu gosto da minha companhia, gosto de ficar no meu canto, sossegada, sem ninguém me enchendo o saco, sem cueca suja no banheiro sem sapato no corredor, gosto da minha própria companhia, mas se bem que às vezes eu fico muito chata, fico insuportável, nem eu me aguento, tenho vontade de arrancar a minha cabeça fora tenho vontade de me matar (

Ai, caralho, puta que pariu, tá doendo!!!!!!! *Toma, pega o papel toalha, olha esse sangue no meu frango!!!!!* Vermelho Campari, o corte foi fundo, quase atingiu o osso, frango com quiabo ossinho de galinha faça um pedido corte o osso corte o pulso, sangue, sangue, o relógio é muito grande para você, diz a cigana dentro do espelho, você não tem pulso firme, você não consegue cortar um frango nem segurar um homem, mãe, mãe, me ajuda, tá doendo, foi um acidente, eu falei sem pensar, não sabia o que estava dizendo, escapuliu, o frango estava escorregando, a faca escorregou da mão, escapuliu, eu fiz sem pensar, foi um acidente doméstico uma falta de atenção, o sapato era número 46 e estava no meio do corredor, eu sou meio desastrada, sangue, quanto sangue, tá doendo, tá tudo rodando, sangue, muito sangue, mãe, mãe?!

IX

Estou nesta sala escura e abafada, diante da mesa redonda, de vinhático (

no centro há uma vela acesa, a ambientação me remete a uma sessão espírita, ao redor da mesa há cinco cadeiras (

quatro estão ocupadas por figuras cujos rostos não consigo enxergar na escuridão, a quinta cadeira está vazia, eu penso que o lugar foi reservado para mim mas não me decido a sentar-me (

Venha, vamos tomar chá das cinco e eu te conto minha grande história passional, que guardei a sete chaves, e meu coração bate incompassado (

reconheço a voz: é Ana C., óculos escuros e goma de mascar, está à direita do assento vazio, o meu (

Você mesma vai ter de comprar as flores, diz a mulher na cadeira seguinte, seu sotaque exala pontualidade e aristocracia britânica, é Virginia (

Eu sou uma mulher independente-bem resolvida-que leu Simone de Beauvoir, me apresso em dizer, *Não sou dama nem mulher moderna. As mulheres e as crianças são as primeiras que desistem de afundar navios,* Ana C. sorri irônica fazendo uma bola cor-de-rosa com o chiclete, *And I a smiling woman* (

agora é a voz da moça loira, a que está sentada na terceira cadeira e tem à sua frente uma bandeja de bolinhos, cortesia para o chá (

A quantos graus você assou? Tia Celina é quem faz a pergunta, dirigindo-se a Sylvia Plath (

Tia Celina está sentada na quarta cadeira, à esquerda do assento vazio, o meu (

o círculo se fechando, a sala muito escura e abafada, Tia Celina cheira a gás (

Cinzas, cinzas, continua a moça dos bolinhos, também chamada Lady Lazarus (

Renasço das cinzas, com meu cabelo a queimar, e devoro homens como ar (

ouve-se um grande estrondo, há um intruso em nossa sessão (

eu o reconheço, é o médico de bigodes amarelos de nicotina, o que não tira os olhos do papel (

Doctor Bradshaw, what a surprise! diz Virginia, os olhos britânicos de desdém (

So, so, Herr Doktor, so, Herr Enemy, diz Lady Lazarus mostrando-lhe os dentes, enquanto o médico avança sobre mim, querendo tomar meu pulso (

Para olhar nossas cicatrizes, há um custo, para ouvir nossos corações – e eles pulsam! (

gritamos as cinco em uníssono, numa espécie de sortilégio, enquanto Doctor Bradshaw/Herr Doktor/Doutor dos Bigodes Amarelos se aproxima. Estou aterrorizada, penso que não vou escapar (

pulsação entre 40 e 50 bpm, estável, os lábios do médico se movem mas a voz que sai de sua boca vem de fora, vem de fora da sala, de fora do meu sonho (

os fantasmas estão sendo incorporados pelos vivos neste peculiar ritual, nesta sessão espírita às avessas em que tomo parte um tanto hesitantemente (

a seguir uma voz de mulher, uma voz que reconheço (

Ivana, parece a voz de Ivana, Tia Celina foi incorporada por Ivana e seus lábios se movem, deles sai a voz de Ivana (

Querida, minha querida, o que foi que você fez? (

vento forte, uma ventania feroz que de repente invade a sala, apaga violentamente a chama da vela no centro da mesa, o ar invade minhas narinas e me obriga a respirar, me obriga a despertar (

Volte para sua festa e não temas mais o calor do sol, Virginia me ordena e eu obedeço

()

() ((())) ()

()

EUPNEIA

[No sistema respiratório humano, eupneia é a respiração normal, silenciosa e sem esforços. Os valores de referência são de 12-22 movimentos ventilatórios por minuto nos adultos e 20-25 nas crianças]

I

Desperto na enfermaria do hospital, as paredes são de azulejos brancos com frisos verdes e no alto de uma delas há um crucifixo e uma velha tevê de tubo ligada (

Ana Maria Braga estende ao Louro José um prato de quindins. Eu não faço ideia de quanto tempo estive dormindo nem de como vim parar aqui. O pulso ainda dói e o curativo está um pouco melecado, o relógio, o relógio está no outro pulso, você cortou o pulso esquerdo e o relógio está no direito, que horas são, quanto tempo eu dormi? (

Sua amiga foi ali tomar um café, diz a enfermeira, *ela ficou aqui com você a noite toda*. Sei que ela fala de Ivana, só pode ser Ivana, a enfermeira é uma mulher de cinquenta e poucos anos, sua fala é quente e musical, gosto do jeito de falar que têm as pessoas daqui, uma fala cantada com as vogais ligeiramente abertas, a enfermeira fala comigo e tem um sorriso entre reprovador e complacente, como o das mães que apenas fingem que estão dando uma bronca na criança que acabou de fazer uma travessura. Minha cabeça dói e gira um pouco, como se eu tivesse bebido muito vinho ou perdido muito sangue, não consigo pensar com clareza (

Eu também gosto de ficar só comigo mesma, eu tinha falado com mamãe aquele dia, numa data imprecisa de um passado não muito distante, férias de Natal, calor de dezembro, estávamos na cozinha e conversávamos despreocupadas, bebíamos Campari e preparávamos frango com quiabo para o almoço (

Eu também gosto de ficar só comigo mesma, eu tinha dito para mamãe, se bem que às vezes eu fico muito chata, fico insuportável, nem eu me aguento, tenho vontade de arrancar minha cabeça fora tenho vontade de me matar (

então o sangue, a faca melada de sangue, o osso o frango o Pronto Socorro, os pontos (

Por favor, doutora, costure com muito capricho a minha sobrancelha esquerda, a minha cabeça quebrada o meu pulso cortado o meu coração partido (

dói, ainda dói, Eu também gosto de ficar só comigo mesma, eu tinha dito para mamãe naquele dia, se bem que às vezes eu fico muito chata, fico insuportável, nem eu me aguento, tenho vontade arrancar minha cabeça fora tenho vontade de me matar (

só agora percebo, uma manhã de sol, Campari e suco de laranja, frango com quiabo para o almoço, a tevê ligada no Mais Você, eu procurava concordar com mamãe, compreender mamãe, não discutir não contrariar não oferecer resistência, a frase escapuliu, eu não pensei, foi um

– 130 –

acidente, eu não fiz de propósito, a frase simplesmente saiu da minha boca, saiu sem pensar, escapuliu, o frango estava pegajoso oferecia resistência, a faca escapuliu do osso, a taça escorregou da mão, foi sem querer, falei sem pensar, eu disse aquilo como se fosse outra pessoa, *tenho vontade de me matar,* falei aquilo como se a pessoa que tenho vontade de matar fosse outra e não eu mesma (

a mulher dentro do espelho, a mulher que tenho vontade de matar é a outra, a que está dentro do espelho, nua, um relógio de pulso gigante é tudo o que lhe cobre a pele, o relógio que um homem casado esqueceu na casa dela antes de sair no meio da madrugada (

casado, ele é casado, você não tem vergonha?! naquele dia você engoliu três cartelas de Rivotril, seu pai saiu cantando pneus pelas ruas do centro rumo ao Pronto Socorro, você podia ter evitado, você podia não ter esse sorriso que deixa sua mãe apreensiva e que se parece ao de Tia Celina, você podia não ter se apaixonado por um homem casado, você não tem vergonha?! você podia ter evitado que a cabeça se partisse que o pulso se cortasse, você é tão descuidada, tão desastrada, você podia ter evitado que a faca escorregasse, o frango ficou todo melecado de sangue, teve que dar ponto, o Natal era dali a dois dias, você estragou o almoço de família, estragou a ceia de Natal, você não tem vergonha?!, você podia ter evitado que a taça se partisse, você é tão desastrada!, a taça com os restos do vinho de Leon, a calcinha suja com os restos de Leon, você é tão descuidada! você cortou a merda do seu pulso com o caco de vidro, você, sim, você mesma, não foi

– 131 –

um acidente, você fez isso por puro desespero por causa de um homem casado que fode você quando ele não tem nada melhor para fazer, você podia ter evitado, você não tem vergonha? (

tentativa de autoextermínio, estava escrito no prontuário, não, não era exagero. Sim, eu tenho um pouco de vergonha. Eu. Percebo agora: aquilo que me atrai nos suicidas, aquilo que eu amo e perdoo nos suicidas, Sylvia, Ana C., Virginia, o gás de Tia Celina e as três cartelas de Rivotril, a faca melada de sangue o frango o pulso a taça partida a cabeça quebrada, a mulher inconsciente no chão da cozinha, nua, o corte no pulso esquerdo e o relógio no direito, o chão melecado de sangue, o sangue, eu, todo o horror, toda a culpa, toda a lama, toda a beleza, o vermelho sangue pingando a conta-gotas dos corações, o amor, o nojo, o amor, sou eu, sou eu, eu, tudo isso sou eu. Enquanto durar este ar aqui dentro.

(())

(( ))

(( ))

(( ))

II

Ivana abre discretamente a porta da enfermaria, tem um sorriso travesso nos lábios e seu movimento de abrir a porta faz com que o sol das onze da manhã forme uma listra larga sobre os azulejos verdes. A enfermeira acabou de trocar meu curativo e saiu, não há outros pacientes, estamos sozinhas na enfermaria, Ivana e eu. Os outros leitos estão desocupados, mas Ivana olha ao redor de um jeito engraçado, quase teatral, se certificando de que não há mais ninguém ali, enquanto tira um embrulho volumoso de dentro da bolsa (

um saco de papel com dois pães de queijo e duas latas de Coca-Cola, comprados na cantina do hospital e contrabandeados para a enfermaria, ali só são permitidos alimentos preparados na cozinha do hospital, os acompanhantes têm direito à sua refeição, igual à dos doentes, podem optar pelas coxinhas da lanchonete mas não é permitido levá-las até os quartos (

parecemos duas colegiais matando aula enquanto abrimos o embrulho, vigiando a porta com medo da enfermeira voltar; fazemos silêncio absoluto e nos assustamos com o barulho da latinha se abrindo, o gás escapando (

somos acometidas por uma crise de riso, o gás do refrigerante formando aquelas bolhinhas, fazendo aquele barulho de gás em expansão, gargalhadas flutuando no ar, meu corpo e o de Ivana se sacudindo, nossas barrigas se contorcendo de tanto rir, o oxigênio estalando, rimos tanto que ficamos sem ar, Ivana deixou entornar um pouco de Coca-Cola, *Ai meu deus, tomara que a enfermeira não entre agora*, rimos rimos rimos (

o riso aproxima as pessoas, o riso e os refrigerantes contrabandeados nos aproximam muito, mais do que qualquer outra coisa, mais até mesmo do que o fato de Ivana ter me encontrado sangrando pelada no chão da cozinha, me trazido até aqui e permanecido ao meu lado (

o riso, as travessuras, as gostosuras, coisas que aproximam as pessoas, criam bolhas de ar em torno delas, estalam, espocam, o barulho de uma latinha de Coca-Cola se abrindo no silêncio asséptico de um quarto de enfermaria, sódio e açúcar (

me lembro de quando eu era criança e vovô operou do coração, Tia Celina me levava ao McDonald's que ficava ao lado do hospital e eu devorava o McLanche muito feliz (

McDonald's era caro naquela época, um verdadeiro luxo comer hambúrguer de minhoca, hambúrguer com Coca-Cola, lá em casa refrigerante era só no fim de semana, nos outros dias era proibido, mas quando vovô estava no hospital Tia Celina me levava ao McDonald's e me dava

Coca-Cola durante a semana, mamãe não se importava porque estava muito ocupada e preocupada com vovô, eles tiveram que abrir o coração de vovô (

um coração vermelho e inchado como uma latinha de Coca-Cola, vermelho e pulsante como o gás que sai de uma latinha de Coca-Cola aberta dentro de um hospital, depois que abriram o coração de vovô ele ficou vários dias deitado numa sala abafada sem janelas com vários fios que ligavam o corpo dele a uma televisão, a sala era escura e era proibida a entrada de crianças mas teve um dia em que me deixaram entrar, fui com Tia Celina (

Veja, pela televisão dá pra ver o coração do seu avô, ela explicou, *essas listras que vão subindo e descendo mostram os batimentos cardíacos, estes fios ligam o coração do seu avô à televisão e vão monitorando as batidas do coração, mostram pra gente se está batendo do jeito certo, você entende?* (

Sim eu entendo, é como se fosse uma novela passando na televisão, a novela do coração de vovô, então eu ficava olhando fixamente para a televisão e torcendo muito para as listras que subiam e desciam mostrarem que o coração estava batendo do jeito certo e para a novela ter um final feliz (

Ivana e eu tomamos Coca-Cola e comemos pão de queijo na enfermaria do hospital, o gás do refrigerante faz cócegas em nossos narizes e respiramos aliviadas, respiramos aliviadas por não termos sido surpreendidas pela enfermeira, pelo fato de pão de queijo com Coca-Cola constituir uma das mais significativas alegrias da existência, pelo fato de nossos organismos estarem aptos a ingerir substâncias tais como pão de queijo e Coca-Cola e oxigênio, pelo fato de existirem na atmosfera partículas de oxigênio disponíveis para as trocas gasosas realizadas por nossos pulmões durante todo o tempo que precede um apocalipse climático apenas iniciado (

tomo mais um gole da Coca-Cola e respiro aliviada, respiro porque posso, porque me é permitido respirar, respiramos as duas, respiramos porque podemos e porque somos duas (

duas latinhas uma ao lado da outra, a Coca-Cola já está quase no fim, alguns pingos escuros e melados sobre o piso branco da enfermaria, as latinhas vermelhas, vermelhos corações, pulsam, fazem barulho ao serem abertas (

um coração faz barulho ao ser aberto, ao ser partido, dói e sangra, faz sujeira, um pulso-coração partido faz uma sujeira danada, o chão da cozinha todo melado de sangue, faz um estrondo, a gente leva um susto (

um susto, foi só um susto, tomamos o último gole da latinha e respiramos e rimos e sorrimos porque pulsa, pulsa, pulsa ainda, o coração

(( )) (( ))

(( )) (( ))

III

Ivana me leva pela mão até sua casa, após a alta hospitalar (

prefere que eu não passe a noite sozinha, eu não ofereço resistência. Entro na casa de Ivana como se viesse aqui pela primeira vez, embora já tenha estado nesta casa por incontáveis vezes (

para tomar chá, vinho, ouvir discos, fumar maconha, devorar pacotes de Doritos e caixas de Bis. Uma vez Ivana preparou sopa de capelettis, teve também o dia em que fritamos pastéis e esquecemos de tirar a película plástica que separa as camadas de massa (

já conheço a casa de Ivana, mas hoje entro aqui como se fosse a primeira vez (

olho para os quadros na parede, o retrato de Nina Simone e o pôster dos Stones atrás do sofá, a reprodução de uma gravura do MoMA e as máscaras africanas no corredor, os cristais coloridos dentro de uma cumbuca de cerâmica sobre o aparador, os discos de vinil e os livros na estante, muitos, a louça limpa no escorredor (

sobre a pia há apenas um prato com farelos de pão e uma taça vazia, provavelmente os despojos da refeição que Ivana fez ontem à noite antes de ir até minha casa, preocupada por não conseguir falar comigo (

nove chamadas não atendidas e dezoito mensagens no WhatsApp, contei depois, por sorte a vizinha tem a chave, ela molha as plantas para mim quando viajo, Ivana bateu à sua porta, estava mais desesperada do que deu a entender à vizinha (

a essa altura provavelmente toda a cidade já sabe do meu pulso-coração partido, provavelmente já sabem também que eu durmo com homens casados, que eu bebo muito vinho, que minha cabeça não é um objeto muito estável sobre meu pescoço, a essa altura já sabem de muitas coisas, mas tanto faz (

entro na casa de Ivana e tudo é limpo, arejado, as coisas ocupam os espaços que foram destinados a elas, isto de repente me espanta, me causa surpresa o fato de o ar circular por uma casa (

penso, por contraste, em minha casa, o bloco de ar estagnado, cacos de vidro espalhados na cozinha, azulejos borrados de sangue, pia engordurada cheia de louça, as frestas meio esverdeadas de tanto pó e sujeira acumulada, o nariz fica entupido e com coágulos escuros de sangue, asas de mariposas e pequenos insetos mortos, cinzeiros abarrotados, cinzas pelo chão, garrafas vazias, roupa de cama suada, fedida (

o cheiro daqueles dias, um cheiro de líquido fermentado, cozido pelo calor, aquela gosma que deu para escorrer da minha vagina, ela começou a produzir uma baba parecendo leite azedo, do nada aquela baba escorrendo perna abaixo, até o tornozelo, eu não limpava, deixava escorrer, andava pela casa sem calcinha e sem roupa, fedia, vários dias sem banho e aquele calor e aquela coisa escorrendo entre as pernas (

deve ter algo a ver com a masturbação, enquanto não me decidia a ligar o gás eu ficava ali deitada com o cobertor em cima de mim e o som da TV ligada, eu não tinha vontade de assistir TV nem de me mexer para tirar o cobertor de cima de mim, embora fizesse calor, eu ficava ali deitada rezando por um milagre, um milagre assim como, por exemplo, do nada, eu me desintegrar sem para isso ter de me mexer nem de fazer nada, sem ter de me levantar para ligar o gás, um milagre assim como uma espécie de combustão espontânea, porém o milagre não acontecia, milagres não acontecem, quando eu pensava que ia explodir de tanto continuar existindo, explodir de dentro para fora e sem, no entanto, me desintegrar, o que seria um grande alívio, enfim, quando as coisas chegavam ao limite do insuportável, eu iniciava os trabalhos (

pensava em Leon e descia a mão, uma, duas, dez vezes seguidas, pensava em Leon me fodendo me asfixiando me olhando babando gemendo então eu gozava, gozava até a exaustão, até a derrelição, minha vagina toda esfolada, inchada, vermelha como um tomate na feira, um tomate que tivesse sido muito apalpado por muitas mãos sem que ninguém se decidisse a levá-lo, me masturbava até a exaustão e depois adormecia (

acho que de tanto tocar siririca é que aquela coisa começou a escorrer de mim, eu achava nojento e curioso, assistia ao fenômeno como se eu fosse um personagem de um documentário do Discovery Channel, um leão, por exemplo, um leão velho e desenganado cheio de pus saindo pelas feridas, um leão que morre de calor no meio da savana e não levanta a pata para abanar as moscas e tirar as cobertas, ele deixa que as moscas pousem sobre as feridas e sobre o pus, deixa que elas o devorem lentamente (

havia moscas, por causa do calor havia moscas e mosquitos, eu deixava que as muriçocas chupassem o meu sangue até entrarem em transe, deixava que elas me picassem e zumbissem alucinadas em meus ouvidos, que me torturassem e me enlouquecessem à vontade, as picadas coçavam e eu coçava os calombos até tirar sangue e inflamar, depois arrancava com as unhas sujas as casquinhas que se formavam nas feridas, uau, que festa, foi uma orgia e tanto, realmente, Pasolini teria ficado orgulhoso (

agora acabou, acabou a farra, agora estou na casa de Ivana e tudo é arejado e limpo, ela limpa minhas feridas e troca meu curativo, tomo um banho quente em seu chuveiro e me seco com toalhas limpas, felpudas, Ivana me empresta um pijama de algodão macio e me põe para dormir no quarto de hóspedes, o lençol é branco de bolinhas pretas, tem cheiro de amaciante, amanhã teremos ovos fritos e crostinis de parmesão no café, me estendo neste oásis de perfume de lavanda com bolinhas pretas, me esparramo e é como se fosse a primeira noite de minha vida, estou tão cansada, estou exausta como alguém que tivesse cortado os pulsos e passado a noite numa enfermaria de hospital, sinto o sono me envolvendo, desabando sobre mim, este sono portentoso, apetitoso, me viro para o lado com cuidado para não estragar o curativo, puxo as cobertas, antes de fechar as pálpebras dou uma olhada de relance para a mesinha de cabeceira, um abajur esmaltado, a Poesia Completa de Manoel de Barros, uma ponta de baseado e sim, aqui está, vejam só, observem como é belo e delicado, vejam este lindo elefantinho de madeira sobre a mesinha, manufatura indiana, precisamente (

meus olhos se fecham e, antes de apagar, noto que a bunda está virada para a porta

(

(

IV

Desperto com o ônibus sacolejando ao avançar sobre as costelas da estrada de terra. A paisagem é seca, empoeirada, castanha, a folhagem da beira da estrada está coberta de terra marrom e alaranjada. O céu azul azul azul. Urubus que adejam. O vento entra pela janela junto com a poeira fininha que gruda no nariz e no cabelo (

ônibus velho, milagrosamente segue avançando sobre as costelas da estrada de terra sem se desfazer, o motor roncando, o assento da minha poltrona está quebrado e cada vez que eu me inclino um pouco para frente ele desaba sobre minha coluna, em frente à minha poltrona há uma placa sinalizadora onde se pode ler a inscrição "saída de emergência", o sinal luminoso fica piscando sem parar na minha frente, está em pane, penso que existe justiça poética neste pormenor, olho para a luz vermelha que pisca sem parar e sinto tonturas (

o ônibus freia, para no acostamento num ponto preciso da estrada que liga nada a lugar nenhum, não há sinal de casas, construções, nada que beire o humano, apenas

moitas de arbustos ressecados e cobertos de poeira castanha, uma mulher com duas crianças pequenas se dirige à
porta do ônibus, vão descer, vão descer do ônibus neste
ponto absolutamente aleatório da estrada que não se poderia descrever a partir de nenhuma característica em par-
ticular, além dos arbustos ressecados que parecem todos
o mesmo arbusto desde que o ônibus deixou a rodoviária
da cidadezinha, vão descer do ônibus aqui, no meio deste
grande nada, uma mulher com duas crianças, me pergun-
to como é que eles sabem que este é o lugar onde devem
descer, penso que na verdade não sabem, fingem, apenas
descem do ônibus porque precisam descer em algum lugar,
este lugar é tão bom e tão ruim como qualquer outro, as
crianças descem, a mulher desce, ela carrega uma grande
sacola de lona amarela e um pente de ovos, a criança mais
velha veste uma camiseta puída onde está escrito "Deus
é fiel", a mulher e as duas crianças vão se afastando, se
embrenhando no meio dos arbustos cheios de poeira, penso que eles vão surgir a qualquer instante correndo atrás
do ônibus e dizendo que se enganaram mas não, eles não
voltam, eles caminham, se embrenham entre os arbustos,
eles vão, apenas vão, eles desaparecem (

só muito, muito tempo depois é que se distinguem na estrada pequenos e espaçados sinais de presença humana,
uma casinha lá longe, isolada ao pé da serra, paredes de
adobe, fumaça subindo da chaminé, este não tem vizinhos
para molhar as plantas quando viaja, um boteco de beira
de estrada, anúncio desbotado de cerveja Antarctica com
mulher de biquíni, mesas e cadeiras enferrujadas na por-

ta, mais adiante duas ou três barracas de lona, prateleiras com vidros de pimenta e rapadura, depois o subúrbio de uma pequena cidade, casas com lajes de tijolos e telhas de amianto, outra que tem a fachada verde limão, depois o centro da cidade que não se distingue muito do subúrbio em termos arquitetônicos, somente as construções estão mais agrupadas, um açougue, uma lan-house, a escola primária com pinturas feias de personagens da Turma da Mônica no muro, o posto de saúde que tem o mesmo nome da escola primária, certamente alguma grande personalidade local, a praça com a igrejinha, o ônibus dá a volta em torno da praça, para no mesmo lugar por onde já tinha passado antes e uma família desce, o motorista desce, abre o bagageiro, demora dezessete minutos para retirar a bagagem da família e entrar de volta no ônibus, estou apertada para fazer xixi, o ônibus arranca, percebo com alívio que se aproxima da rodoviária (

desço correndo e vou até o banheiro, previsivelmente não tem papel higiênico nem sabonete para lavar as mãos, eu não ligo, vou até a lanchonete e compro um saco de baconzitos e uma fanta ks, a coxinha solitária na estufa não me parece uma boa opção, dou cinco reais ao senhor manco que se aproxima pedindo dinheiro, acendo um cigarro, aproveito o sinal de internet para conferir o celular (

uma mensagem de Ivana, *Espero que você esteja aproveitando a viagem e a mudança de ares, não esqueça de trocar o curativo, qualquer coisa me liga (*

três mensagens de Leon, *Espero que você esteja bem,
quando puder me dê notícias, Estou preocupado com
você, me dê notícias por favor, Você sabe que eu gosto
muito de você, entendo que queira se afastar de mim mas
quero que você saiba que sinto muito a sua falta* (

respondo com uma figurinha de coração à mensagem de
Ivana, o motorista vai dar a partida, ocupo meu lugar no
ônibus, já me acostumei com a poltrona quebrada, o sol
agora está baixando, azul pálido, os contornos pretos dos
galhos das árvores bem recortadinhos contra o poente,
vento fresco, quase frio, sol quente de dia e vento frio de
noite, sertão, o ônibus vai rebolando sobre a estrada de
terra, a luz equívoca do cair da tarde, as serras se suce-
dendo na paisagem, as primeiras estrelinhas, azul-malva,
viajar de ônibus é como ver tevê, os quadros vão passando na sua frente e é um alívio poder só assistir desde este
lado da tela-janela, veja como escureceu, lá fora a estrada
escura aqui dentro o ônibus escuro, o ronco do motor, o
ônibus um animal enferrujado e resfolegante, bambolean-
do sobre os buracos da estrada, a sonolência, há algo de
uterino em ficar durante muitas horas parado dentro de
um ônibus, sem poder fazer nada além de olhar e esperar, seu corpo está parado mas você se movimenta, você
é transportado na barriga do ônibus, é como a barriga
escura de uma baleia, uma baleia no meio do sertão, uma
baleia bamboleante e resfolegante no meio da noite do
sertão, mar negro, céu negro do sertão, negro como um
olho por trás de uma pálpebra fechada, negro como a visão que tem um olho por trás de uma pálpebra fechada,

a minha, estou dormindo, estou sonhando, sonho com baleias, grandes baleias enferrujadas na noite do sertão (

de repente o calor na minha cara, minha cara desmaiada babada pregada contra o vidro da janela e de repente esse calor, desperto num susto, abro os olhos e vejo o caminhão em chamas, o caminhão em chamas como uma bomba atômica atirada no meio da estrada escura, o caminhão enorme e vermelho como um vulcão, terrível, incandescente, esse calor na minha cara, o pavor, o fogo no meio da estrada, monstruoso sol da meia-noite (

enquanto eu dormia o ônibus parece que avançou um bocado e agora estamos no meio de uma BR, o caminhão em chamas está do outro lado da estrada, do outro lado da tela, perto o suficiente para que eu sinta o terror, o calor cozinhando a minha cara aqui do outro lado do vidro, perto o suficiente para que eu me pergunte se existe a possibilidade de que o ônibus seja atingido pela explosão, o gás inflamável, a combustão (

olho fascinada, olho aterrorizada, olho aliviada para a explosão, o fogo está do outro lado da tela, eu não estou em chamas (

minhas bochechas ardendo minhas mãos geladas, o ônibus segue pelo breu da estrada e minhas retinas se voltam para trás, buscam o fogo, o fogo, ainda

))   ))

))   ))

V

O quarto é minúsculo, a única pousada do vilarejo, mal se consegue abrir a porta do banheiro sem se esbarrar na cama, os lençóis puídos com estampa verde abacate, um ventilador de teto que não funciona, a luz da lâmpada fraquinha (

a dona da pousada é uma senhora atarracada e resoluta, me observa com olhos curiosos enquanto como um pão de sal com queijo minas e um iogurte cor-de-rosa durante o café da manhã, eles não costumam hospedar mulheres sozinhas, mulheres desacompanhadas são olhadas com reserva nas pousadas dos pequenos vilarejos, eu minto para ela e digo que sou geóloga, vim estudar as cavernas (

as cavernas são a única razão pela qual este vilarejo consta nos mapas, contratei um guia local para me levar até lá, é preciso um quatro por quatro e mais treze quilômetros de terra para chegar até a entrada do Parque Nacional, o guia é um homem moreno e atlético de uns quarenta anos, minto para ele e digo que sou diretora de cinema, vim

– 149 –

estudar a viabilidade de realizar um documentário sobre as cavernas (

mulheres desacompanhadas levantam suspeitas e se tornam alvos fáceis a menos que tenham um propósito, estudar cavernas e fazer documentários são propósitos socialmente validados, gosto de não ter propósito gosto de inventar propósitos, de mentir e de enganar as pessoas (

o guia parece empolgado com a ideia do documentário, enquanto caminhamos pela trilha do Parque rumo à caverna ele vai apontando os pássaros e as árvores pelo caminho, *Esta é uma lavadeira-mascarada, é da mesma família do bem-te-vi, também chamam ela de viuvinha, Este aqui é o Imbaré, a gente chama de Barriguda por causa do tronco que é mais largo na parte de baixo, é a árvore mais imponente do sertão* (

ergo a cabeça para o topo da Barriguda, ela deve ter uns trinta metros, é linda, tudo aqui é lindo, as plantas os bichos as paisagens, tudo majestoso magnífico magnânimo, tudo se basta, a natureza nos é indiferente, para sua grande sorte e felicidade, ela não liga para nós, eu olho para tudo com olhos de documentarista, procuro reter as informações que o guia me transmite, procuro reter as imagens na retina, a beleza, a grande e definitiva beleza, olho ao redor com olhos de documentarista e a grande beleza me escapa, não consigo reter, não consigo compreender a beleza absoluta, só compreendo o que é um pouco baixo, um pouco torpe (

pegamos um pequeno desvio da trilha principal para que eu possa conhecer o rio e me refrescar, há uma placa de Proibido churrasco e som automotivo, Leve seu lixo, o rio é largo e forma uma pequena prainha com areias brancas em volta, há uma família numerosa com um grande isopor de onde tiram latas de cerveja e uma garrafa pet de guaraná para as crianças, trouxeram também cadeiras de lona colorida e um guarda sol sob o qual está sentada uma senhora bem velha, o guia os cumprimenta e um homem lhe pergunta algo sobre o Romarinho que vai passar lá hoje à noite para buscar as tábuas, o guia responde que sim, parecem se conhecer bem, provavelmente a família mora no vilarejo (

tiro a canga da mochila e me sento na areia próxima à beira, olho para o rio e procuro captar algo da beleza, da grande e definitiva beleza das coisas naturais, o cachorro da família vem correndo de dentro do rio para cima de mim, está ensopado, se sacode todo, me molha e me joga areia, a família se desculpa, eu sorrio incomodada com a areia e com o cachorro porque ele é capaz de captar a grande beleza e eu não, ele integra a grande beleza, ele está completamente vivo e eu só meio viva, tenho que perdoar o cachorro a família e a areia por este pequeno inconveniente porque, afinal, deve-se um tributo à vida, sorrio meio palerma e afago o cachorro, tenho medo que ele descubra que estou só meio viva, os animais sentem (

olho para a família, as crianças correndo e dando gritinhos ao entrar na água, duas mulheres de meia idade olhando as crianças, a velha sob o guarda sol, o homem que perguntou ao guia sobre o Romarinho que vai passar lá hoje à noite caminha até a velha com um pacote de biscoito passatempo e um copo de refrigerante, cuida dela, ajeita o guarda sol, olho para eles com ternura, parecem inocentes, heroicos, aproveitando o domingo em família na beira do rio, se preocupando com as tábuas que o Romarinho vai buscar hoje à noite, seguindo com suas vidas como se o mundo não fosse acabar nunca, tão valentes, tão vulneráveis (

olho para eles como um deus arrependido, olho para eles e então compreendo, subitamente compreendo a beleza, a terna e torpe beleza das coisas humanas

(( )) (( ))

VI

Avançamos pela trilha em meio à mata, algumas passagens são estreitas e escorregadias, eu caminho vacilante, insegura, desengonçada como um bebê sobre os joelhos gorduchos, tenho medo de me esborrachar, tenho medo de ser expelida, rechaçada pela grande beleza, a beleza absoluta. Afonso, o guia, me ajuda nos trechos mais perigosos, faz isso de maneira delicada, não complacente (

não se exibe para mim, não exibe suas habilidades de grande conhecedor da mata, apenas me estende suas mãos escuras e nodosas, façamos de conta que estamos os dois vivos, bem vivos, suas mãos parecem me dizer, aos poucos meus pés vão adquirindo firmeza sobre as pedras e folhas que estalam embaixo deles, à medida em que vamos nos aproximando da caverna a paisagem se torna mais fresca, líquida, filetes de água entre as pedras, já respiro o sumo verde da caverna (

A caverna hoje está satisfeita, apaziguada, diz Afonso, *quando tem muito turista e muito barulho é diferente, ela não gosta* (

Afonso não fez de propósito, mas seu comentário me deixa subitamente alegre, suavizada pela ideia de que a caverna e eu possamos compartilhar algo, por alguma razão penso em elefantinhos indianos com a bunda virada para a porta (

vamos subindo, a trilha se torna íngreme, subimos, subimos, eu ofegante, quase sem fôlego, à medida em que vamos nos aproximando da caverna as pedras tornam-se muito criativas, tomam a forma de cogumelos, tartarugas, flocos de neve, xícaras de chá e torrões de açúcar, sinto-me como se estivesse num cenário de videogame dos anos noventa, coisas mágicas vibram e pululam, ovos de dinossauro querendo chocar (

paramos junto a uma nascente para abastecer nossas garrafinhas com água, há um banco de pedra onde nos sentamos, tomo um grande gole de água fresca da nascente e busco recobrar o fôlego, Afonso sugere que aproveitemos a pausa para fazer nosso lanche, bananas, pão com salame e biscoito de aveia, Afonso olha ao redor e, constatando que não há turistas, enrola um beque (

Você se importa?, ele pergunta, eu digo que não, aceito um trago, aponto para a forma esguia e esbranquiçada que nos encara do alto da pedra à nossa frente (

Parece uma bruxa, eu digo, uma velha bruxa, as estalactites que se formaram sobre a pedra parecem os longos cabelos de uma anciã, *Sim, é um dos guardiões*, Afonso responde, *há outros* (

– 154 –

estamos no ponto mais alto da trilha e em seguida iremos iniciar a descida, dou um trago, prenso a fumaça, solto, meus pulmões se expandem, inalo agora o ar úmido da caverna, inspiro, expiro, tem um cheiro verde, passo o beque para Afonso, ele começa a me relatar um sonho, *Eu caminhava sozinho pelas galerias, era um dia assim como hoje, não havia muitos turistas, o Guardião era um sapo gigante, feito de pedra, ele pediu que eu me aproximasse e então ele me revelaria o seu segredo, começou a falar comigo, tinha voz de sapo, eu não lembro nada do que ele falou* (

termino meu sanduíche, tomo um gole d'água e descasco uma banana, Preciso te contar uma coisa, digo a Afonso, Eu não estou viva (

seus olhos não demonstram surpresa, eu continuo, Um dia minha cabeça caiu e se quebrou, e eu furei meu pulso esquerdo com uma estalactite (

Afonso olha pensativo para a casca da banana, faz uma bolinha prateada com o papel alumínio que embrulhava seu sanduíche, recolhe o lixo numa sacola (

Vai sarar, ele diz olhando para mim, *Vaso ruim não quebra,* em seguida juntamos nossas coisas e iniciamos a descida final rumo ao coração da caverna

)(   )(

VII

Quando se atinge o centro do salão, não é possível perceber logo no início. A descida é íngreme, você está ofegante, seus pulmões buscam a equação. Você sabe que chegou a algum lugar, mas não sabe ainda onde nem por que. À sua volta se erguem estes imensos totens de rocha calcária, estalactites e estalagmites, punhais espelhados, verticais, vindos de baixo e de cima (

espeleotemas, chamam-se, vem do grego, significa "depósito de caverna", resultam da cristalização dos minerais dissolvidos na água que escorrem em direção às camadas sedimentares inferiores, criando fendas e cavidades na rocha (

após a criação das cavidades ocorre o rebaixamento do lençol freático e as galerias e salões da caverna se enchem de ar, a caverna estar cheia de ar é a condição necessária para a formação dos espeleotemas, estalactites, que pendem do teto, estalagmites, que se erguem do solo, e ainda outros tipos de formação calcária com outros nomes, tubos compridos, cilíndricos, que crescem e preenchem a caverna, preenchem a caverna onde ela está cheia de ar (

através das fendas e furos a água segue escorrendo pela caverna, a água está cheia de ácidos que dissolvem os minerais e corroem a rocha, quando esta solução entra em contato com a atmosfera da caverna ocorre a liberação de gás carbônico, quando o gás carbônico se desprende a mistura fica supersaturada, os sais se precipitam em direção às superfícies sólidas próximas fixando-se à rocha, à medida que a água pinga deixa sempre uma pequena quantidade de minerais precipitados que aos poucos se cristalizam, uma nova porção de água toma o seu lugar, o novo anel mineral se junta ao anterior, ao longo dos séculos este processo cria tubos cilíndricos gigantescos, descomunais, eles cobrem a caverna de cima a baixo, fazem você pensar numa porção de coisas (

coisas belas e perturbadoras, órgãos de tubo e música sacra ecoando por catedrais góticas, relicários e túmulos com esculturas de reis e heróis em mármore branco, masmorras medievais com paredes cheias de lanças que vão se fechando uma em direção à outra, esmagando o que se encontrar entre elas, lustres de cristal pendendo sobre a sua cabeça, mandíbulas e caninos de lobos ferozes, objetos cortantes coisas pontiagudas perfurando a pele o pulso as veias (

neste ponto você se detém, você inspira você puxa o ar você solta você respira fundo você sente o cheiro, a umidade, você tateia o limo, você inala as coisas gasosas e líquidas por trás dos sólidos, as coisas côncavas por trás das coisas viris que saltam aos olhos, você intui subterrâneos, coisas sorrateiras, pouco solenes, nada grandiloquentes, água escorrendo pelas fendas, gás carbônico sendo liberado, a solução ácida gotejando gotejando gotejando através dos séculos, a caverna é uma coisa lânguida, fissurada, erótica, você pensa em coisas viscosas escorrendo pelas suas pernas, você deseja, você deseja (

então você olha para cima, você inclina sua nuca para trás e olha para o que está acima de você, você se dá conta, você compreende (

acima de você está o vazio, o oco, o buraco (

acima de você está a falta, o coração vazado esculpido na pedra (

Veja, diz Afonso, *os turistas dizem que este buraco no teto da caverna parece um coração, adoram tirar fotos* (

você olha para cima você vê você compreende, vê o buraco vê o céu azul em forma de coração vazado contra o escuro da pedra no alto da caverna, você vê o céu azul porque a luz solar, ao atravessar a atmosfera terrestre, é refratada e atinge os átomos dos gases oxigênio e nitrogênio, a luz então é dispersada e refletida por meio das partículas de ar em forma de cor, cada cor possui um comprimento de onda e o azul é a que possui menor comprimento, as partículas de ar absorvem a coloração e liberam o azul pelo espaço (

você vê o azul por causa dos gases da atmosfera, você vê o coração porque o buraco na pedra tem o formato de um coração (

um coração azul, gasoso, vazado, cheio de ar (

você vê esta forma feita para a falta, para o encaixe da falta, para o encaixe do vazio, do ar (

apenas o ar, somente o ar pode preenchê-la, somente os gases, as coisas que se expandem, que fluem, flutuam, se movimentam, tomam a forma de qualquer sólido à sua volta, um coração, que seja, um coração (

um coração de pedra, a pedra é sólida, muito sólida, dura, ela contém o ar, ela procura contê-lo dentro de seus limites mas ele se expande, ele engana a pedra, ele subverte a natureza dura da pedra (

o ar, apenas o ar, as partículas gasosas, atmosféricas, o ar, tudo o que é etéreo, volátil, imprevisível, impermanente, você compreende (

você olha para cima, você vê o coração vazado, você vê o vazio, você suporta a visão do vazio, você renuncia à tentação de preenchê-lo com alguma coisa, à tentação de preenchê-lo com alguma coisa que não seja o ar (

apenas o ar, você olha para cima e vê o ar, você vê o vazio cheio de ar, a alegria que você sente é tola, precária, você sabe disso mas é a sua alegria e você a sente porque ela está ali (

você está no coração da caverna, você sabe que está ali, exatamente ali, sob o abismal, primitivo cerne do coração vazado vazio cheio de ar (

você está ali e você compreende, você compreende que pode, apenas, respirar (você respira).

EPÍLOGO

Caro Doutor dos Bigodes Amarelos,

Sabemos que você tem muitos nomes: Herr Doktor, Herr Enemy, Doctor Bradshaw, *whatever*, para mim você será sempre o Doutor dos Bigodes Amarelos, o que não suporta a visão de meu rosto, o que não tira os olhos do papel, aquele cujas mãos deslizam nervosas sobre a folha azul do receituário, produzindo incessantes, incompreensíveis, ilegíveis garranchos na sua letra de médico (transtorno mental, doença mental, colapso nervoso, síndrome de Burnout, crise de ansiedade, depressão, transtorno misto ansioso-depressivo, etc., etc.).

Há muitos nomes. Muitos nomes para designar uma cabeça que se parte. Uma cabeça é tão somente um objeto, objetos são coisas passíveis de cair e quebrar. Objetos se quebram o tempo todo, a cada segundo uma taça de vidro cai e se espatifa em algum ponto do planeta, a cada minuto um jarro de cerâmica escapa das mãos de alguém em algum rincão da América Latina, a cada segundo vassouras e pás são acionadas em diferentes endereços nas grandes cidades, o tempo todo os cacos estão sendo juntados nas enfermarias dos hospitais. Não há nisso nada de extraordinário. Cabeças são objetos ordinários.

A cabeça caiu e quebrou: é um fato, não uma metáfora.

Mas uma cabeça está ligada a um corpo, uma cabeça está atada a um corpo (ao menos enquanto ela não tiver caído e se quebrado, uma cabeça é um objeto feito de carne, de cálcio e gordura que está ligado a um corpo, que faz parte de um todo que é o corpo, não é algo externo a ele).

Você diz: fulano tem depressão, fulana tem um transtorno mental. Você rabisca a folha azul do receituário, muito senhor de si, você nomeia algo que aquele indivíduo possui. Maria tem três gatos, Joana tem três filhos, Roberto tem uma casa na praia, Elon Musk tem um foguete. Leon tem uma esposa que quer engravidar. Tia Celina tinha um caleidoscópio de vidros coloridos e vários elefantinhos de madeira trazidos da Índia. Aquela mulher, a que está sentada diante de um computador escrevendo esta carta a você, aquela tem um transtorno mental. Aquela mulher possui uma cabeça que caiu e se quebrou. Alguém, por favor, dê a ela um analgésico para dor de cabeças que se partem.

Você anota, você rabisca, você escreve incessantemente no receituário, as vistas eternamente pregadas no papel azul, você prescreve os medicamentos adequados, você coloca o CID, você é um profissional sério, zeloso de suas grandes responsabilidades, o grande salvador de mulheres solitárias à beira de um ataque de nervos, o grande herói, o grande Deus da Medicina, Herr Doktor, pois sim, aquele que tudo sabe e tudo conhece, todo poderoso onisciente onipotente, por fim você pressiona o carimbo sobre a almofada embebida em tinta e imprime no canto inferior direito da folha azul o seu registro do CFM. Em seguida você alisa os bigodes amarelos, você sorri orgulhoso e satisfeito com a sensação de dever cumprido, enquanto a paciente sai pela porta você dá uma boa olhada na bunda dela, você pensa que é um desperdício uma bunda daquelas com depressão, ao final do expediente você faz uma parada para um uísque e olha a bunda da garçonete.

Eu recolho o papel azul, recolho a minha bunda, enfio meu rabo entre as pernas, volto para casa tentando equilibrar minha cabeça sobre o pescoço, tomando muito cuidado para ela não cair e se espatifar ali bem no meio da rua, bem na hora do rush, à vista de todos, o fluxo de minha consciência todo esparramado sobre o asfalto, os carros buzinando, que constrangimento! (a senhora que passa se escandaliza com um sonho erótico que entupiu o bueiro, um transeunte o recolhe e guarda sob o paletó para se masturbar mais tarde).

Mas não, Herr Doktor, eu não participei desta cena, não tomei parte, não assino embaixo do seu receituário, eu não pactuo. Sem ressentimentos, Doutor, mas o meu papel aqui é outro, lamento fugir do seu script, aquele que estava tão assertivamente preparado para mim, aquele segundo o qual a sua autoridade me seria enfiada goela abaixo na forma de um comprimido feito de amido de milho e Clonazepam, para que eu pudesse sair ticando os itens na lista e, comprazida, assumir meu lugar de cidadã produtiva neste formidável mundo que vocês inventaram. *Sorry, Doktor*, mas meu jogo é outro, minhas apostas são mais altas, e eu tenho cacife, sabe? Eu visitei as regiões escuras, pontiagudas, e eu estou aqui. E você, Doutor, meu querido, querido Doutor dos Bigodes Amarelos, o que você viu? O que você vê quando fecha os olhos e sente que a sua mãezinha não está lá para te proteger? Eu aposto, eu aposto, Doutor, que você treme.

Eu? Eu sou esta mulher cabeça-corpo-coração, os órgãos aqui dentro, as trocas gasosas e o sangue todo mês, esta mulher vazada, fendida, líquida e aérea a pisar sobre a Terra, sim, eu estou aqui e piso esta terra, me movimento sobre ela, deixo rastros, me estrepo, mastigo bolinhos de lama, lambo os beiços, sou suja e alegre. Você não vê? Não, Doutor, você não me vê.

Você não suporta a faísca em meus olhos, você não suportaria o jeito feroz com que meus dentinhos de leite fazem picadinho da sua receita azul. Isso que você tão ternamente, tão diligentemente chama "o meu transtorno", a minha miséria e o meu pasto, minha farra e agonia, veja bem, Doutor, estas são palavras. Eu sou. Sou, sou e sou. Aguente, Doutor, seja firme. Isso que você chama "o meu transtorno", isto não é algo que me enfeita, que me adjetiva, isto não é, nem mesmo, algo que me constrange. Eu não possuo um transtorno. Eu sou, eu apenas sou, esta fissura. Buracos em minha cara por onde o ar se move. Eu me movo, Doutor. Eu estou aqui.

Afetuosamente,

Esta mulher, a coitada, que anda, fala, come, caga, dorme, acorda, geme, faz listas de compras, assiste filmes, paga boletos, tem dias melhores e piores. Esta mulher que respira.

AGRADECIMENTOS

Agradeço a Adna Cândido de Paula que, sem saber, me deu a ideia da escrita como um mergulho entre parênteses. A Euler Lopes, graças a quem este livro ganhou corpo. A Nathália Valentini, que me ajudou a encontrar o título certo. Honrada e grata pela leitura e generosidade de Ana Elisa Ribeiro e Bruno Inácio. Agradeço à equipe do Festival Mix Brasil e Mix Literário, à organização do Prêmio Caio Fernando Abreu 2024 e aos jurados Tatiana Nascimento, Zênite Astra e Fernando Rinaldi. Um agradecimento especial ao Alexandre Rabelo, pela gentileza e apoio. Agradeço à Editora Reformatório e ao Marcelo Nocelli pela leitura atenta, pelo primoroso trabalho de edição e pela acolhida afetuosa ao longo de todo o processo.

Agradeço à comunidade LGBTQIAPN+ por ser fonte de vida, orgulho e respiro neste mundo abafado.

Esta obra foi composta em Sabon LT Pro e
impressa em papel pólen natural 80 g/m² para
a Editora Reformatório em maio de 2025.

Impressão e Acabamento | Gráfica Viena
www.graficaviena.com.br